共和国故事

伟大篇章
——国民经济第一个五年计划提前完成

郑明武　编写

吉林出版集团股份有限公司

图书在版编目（CIP）数据

伟大篇章：国民经济第一个五年计划提前完成/郑明武编. —长春：吉林出版集团股份有限公司，2009.12

（共和国故事）

ISBN 978-7-5463-1741-0

Ⅰ.①伟… Ⅱ.①郑… Ⅲ.①纪实文学－中国－当代 Ⅳ.①I25

中国版本图书馆 CIP 数据核字（2009）第 237722 号

伟大篇章——国民经济第一个五年计划提前完成
WEIDA PIANZHANG　　GUOMIN JINGJI DI YI GE WU NIAN JIHUA TIQIAN WANCHENG

编写　郑明武	
责任编辑　祖航　李娇	
出版发行　吉林出版集团股份有限公司	
印刷　三河市嵩川印刷有限公司	
版次　2010 年 1 月第 1 版	2022 年 1 月第 10 次印刷
开本　710mm×1000mm　1/16	印张　8　字数　69 千
书号　ISBN 978-7-5463-1741-0	定价　29.80 元
社址　吉林省长春市福祉大路 5788 号	
电话　0431－81629968	
电子邮箱　tuzi8818@126.com	
版权所有　翻印必究	
如有印装质量问题，请寄本社退换	

前　言

自1949年10月1日中华人民共和国成立至今,新中国已走过了60年的风雨历程。历史是一面镜子,我们可以从多视角、多侧面对其进行解读。然而有一点是可以肯定的,那就是,半个多世纪以来,在中国共产党的领导下,中国的政治、经济、军事、外交、文化、教育、科技、社会、民生等领域,都发生了深刻的变化,中国人民站起来了,中华民族已屹立于世界民族之林。

60年是短暂的,但这60年带给中国的却是极不平凡的。60年的神州大地经历了沧桑巨变。从开国大典到60年国庆盛典,从经济战线上的三大战役到经济总量居世界第三位,从对农业、手工业、资本主义工商业的三大改造到社会主义市场经济体制的基本确立,从宜将剩勇追穷寇到建立了强大的国防军,从废除一切不平等条约到独立自主的和平外交政策,从"双百"方针到体制改革后的文化事业欣欣向荣,从扫除文盲到实施科教兴国战略建设新型国家,从翻身解放到实现小康社会,凡此种种,中国人民在每个领域无不留下发展的足迹,写就不朽的诗篇。

60年的时间在历史的长河中可谓沧海一粟。其间究竟发生了些什么,怎样发生的,过程怎样,结果如何,却非人人都清楚知道的。对此,亲身经历者或可鲜活如昨,但对后来者来说却可能只是一个概念,对某段历史的记忆影像或不存在,或是模糊的。基于此,为了让年轻人,特别是青少年永远铭记共和国这段不朽的历史,我们推出了这套《共和国故事》。

《共和国故事》虽为故事,但却与戏说无关,我们不过是想借助通俗、富于感染力的文字记录这段历史。在丛书的谋篇布局上,我们尽量选取各个时代具有代表性或深具普遍意义的若干事件加以叙述,使其能反映共和国发展的全景和脉络。为了使题目的设置不至于因大而空,我们着眼于每一重大历史事件的缘起、过程、结局、时间、地点、人物等,抓住点滴和些许小事,力求通透。

历史是复杂的,事态的发展因素也是多方面的。由于叙述者的视角、文化构成不同,对事件的认知或有不足,但这不会影响我们对整个历史事件的判断和思考,至于它能否清晰地表达出我们编辑这套书的本意,那只能交给读者去评判了。

这套丛书可谓是一部书写红色记忆的读物,它对于了解共和国的历史、中国共产党的英明领导和中国人民的伟大实践都是不可或缺的。同时,这套丛书又是一套普及性读物,既针对重点阅读人群,也适宜在全民中推广。相信它必将在我国开展的全民阅读活动中发挥大的作用,成为装备中小学图书馆、农家书屋、社区书屋、机关及企事业单位职工图书室、连队图书室等的重点选择对象。

编 者
2010 年 1 月

目录

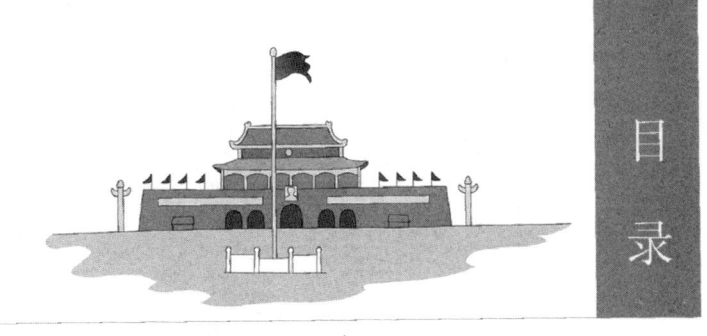

一、"一五"计划的实施

中央决定实施"一五"计划/002

苏联援助中国"一五"建设/009

全国积极支持"一五"建设/018

二、交通运输喜报频传

康藏公路全线通车/024

青藏公路全线通车/033

宝成铁路顺利接轨/043

武汉长江大桥建成/052

三、基础工业蓬勃发展

鞍钢三大工程顺利完工/062

第一架国产飞机上天/070

核工业建设进入新阶段/077

第一机床厂改建成功/084

新中国第一辆汽车下线/091

首个天然石油基地建成/101

大型化学工业基地建成/110

李富春说"一五"计划已超额完成/115

一、"一五"计划的实施

- 斯大林问毛泽东:"你这次远道而来,不能空手回去,咱们要不要搞个什么东西?"

- 计委的同志对毛泽东说:"主席,一个月时间太紧,压力很大,能否再宽限几天?"

- 周恩来想了想,谨慎地说:"第一个五年计划期间很难办成这件事,尤其是在制造喷气式飞机方面。要掌握飞机生产技术最早也得5年以后,而要掌握发动机制造技术也得3年以后。"

中央决定实施"一五"计划

1954 年 10 月，金秋的广州依然烈日炎炎，大街小巷里，广州市民还在穿着短袖，挥舞着扇子来驱赶炎热。

此时，党和国家领导人毛泽东、刘少奇、周恩来正在广州聚会，积极协商着一件对新生的人民共和国非常重要的大事。

原来，毛泽东等人此时正在审议由陈云、李富春主持的、经过反复讨论修改的《中华人民共和国发展国民经济的第一个五年计划草案（初稿）》。

当时，李富春还被邀请同往广州，以备咨询。朱德、陈云、邓小平则留在北京主持中央日常政务。

此时的中国百废待兴，每一个领导人都是事务缠身，而此次毛泽东等党和国家领导人居然能在日理万机中抽出一个月时间审议此文件，可见此文件的重要性。

其实，此文件早在三年前就开始了编制。

那还是在 1951 年 2 月召开的中共中央政治局扩大会议上，毛泽东向大会做《中共中央政治局扩大会议要点》的报告，明确提出了三年准备十年计划经济建设的思想。

根据这次会议的精神，中央财经委员会于这年春，提出了五年计划的初步设想，这就是后来被称为"一五"计划编制的最初尝试。

2月,周恩来提议中央成立"一五"计划编制小组,由周恩来、陈云、薄一波、李富春、聂荣臻、宋劭文组成领导小组。

不久,在陈云的组织领导下,中财委即试编出了一个五年计划的粗略纲要,这也是我国第一个五年计划的首次编制。

由于当时资料不全,战争还在进行,全国经济建设的大局也尚未稳定下来,特别是还未能取得苏联的援助,因此,这个计划纲要只能是一个试验,还不能作为正式的计划。

1952年8月初,在周恩来的亲自参与下,"一五"计划的第二稿编制成功。

这个计划送到中央后,经过讨论,中央政治局认为,可以将这个计划带到苏联征求意见,并作为向苏联提出援助的基本根据。

8月下旬,以周恩来为团长,陈云、李富春为副团长的中国政府代表团,应邀前往莫斯科,与苏联政府商谈援助中国第一个五年计划建设的问题。

在访苏期间,代表团以1952年中财委拟出的关于第一个五年计划中重要的工业建设项目草案为依据,向苏联政府提出商谈。

9月3日,斯大林与周恩来举行第二次会谈。整个会见几乎都在讨论中苏两国经济关系,也就是中华人民共和国经济发展和苏联在这方面给予援助的问题。

会谈一开始，就从五年计划问题谈起。

斯大林认为，五年建设计划确定了20%的年增长率。这一增长率对工业是不是有些紧张，或者是否应在20%年增长率的情况下再留些余地。

9月中旬，斯大林再次会见周恩来、陈云和李富春等同志，就援助中国的"一五"计划问题，斯大林谈了意见：

经过第一个五年计划，中国应当能够制造汽车、飞机、军舰。

中国工业的发展速度一定很快，但是做计划应留有余地，要有后备。

苏联对中国的援助，价格便宜，技术也是头等的。

周恩来、陈云从苏联回国后，立即把在苏联会谈的情况向中共中央做了汇报。

当时，"一五"计划中的很多项目都要借助苏联的援助，因此，听到苏联的建议后，中国"一五"计划的编制有了一个大致的方向。

1953年初，鉴于1952年8月编制的《五年计划轮廓草案》材料根据仍有不足，尤其对各个经济部门在各个年度互相配合方面，以及五年基本建设投资在各个部门的分配方面，都需要进行调整。

因此，中财委会同国家计委、中央各部及各大区，在大量搜集资料的基础上，对原计划做了进一步修改和充实。

这是"一五"计划的第三稿。

4月4日，苏共中央政治局委员米高扬约留在苏联的中国代表李富春谈话。

米高扬表示，中国的"一五"计划苏共中央看过了，经济专家也仔细地、精心地研究过。他代表苏共中央向李富春通报苏共中央、苏联国家计划委员会和经济专家的意见。米高扬的意见包括中国"一五"期间的发展速度、培养专家、加强勘探等多方面。

苏联当时已取得比较丰富的社会主义建设经验，而我国却刚刚开始编制中长期计划，缺乏经验，他们提出的意见无疑是有益的。

9月15日，李富春回国后，在中央人民政府委员会第二十六次会议上，就我国第一个五年计划及与苏联政府商谈的结果做了汇报。

1954年4月，根据工作的需要，中央决定调整领导编制"一五"计划工作的班子，成立了由陈云为组长的8人小组。

于是，"一五"计划的第五次编制又开始了。

这一次，毛泽东给国家计委立下了军令状，要求他们从2月15日起，一个月内交卷，拿出初稿，然后由陈云领导的小组迅速定稿。

当时，计委的同志感到时间太紧，压力很大，就向毛泽东请求延长一些时间，毛泽东只给了5天的宽限，要求3月20日必须拿出初稿。

会后，各部和计委根据陈云的指示，迅速展开工作，并按预定的时间及时向陈云提供了所需的材料。

接到计委和各部提供的材料后，陈云自己也组织了一个小组，这个小组由他和张奎、梅行、周太和、邱纯甫五人组成。

五个人昼夜兼程，开了14次会，用了15天的时间，将这些材料进行了归纳、整理，并于4月初最后拿出了《五年计划纲要（初稿）》。

这一初稿于4月15日印好后，送到毛泽东手里。当天，毛泽东审阅了这一初稿。他审阅得十分认真，逐行逐句圈点，做了许多批注，并批转刘少奇、周恩来、彭真、邓小平审阅。

6月30日，陈云向中央汇报了计划编制情况，并特别强调："我们编制计划的经验很少，资料也不足，所以计划带有控制数字的性质，需要边做边改。"

8月，八人小组审议国家计委提出了《中华人民共和国发展国民经济的第一个五年计划草案（初稿）》，为此八人小组连续举行了17次会议，对草案逐章逐节地进行了讨论和修改。

到了10月，毛泽东、周恩来等人，在广州对这个"一五"计划的方案进行了审议。

此次审议结束后，陈云等人对此稿进行了一定的修改。1955年3月中旬，新中国发展国民经济的第一个五年计划终于正式编出。

1955年7月5日至7月30日，第一届全国人民代表大会第二次会议在北京召开。

在会上，国务院副总理、国家计划委员会主任李富春做了《关于发展国民经济第一个五年计划的报告》。

经代表讨论，会议最终通过《中华人民共和国发展国民经济的第一个五年计划（1953—1957）》，并发出《关于发展国民经济的第一个五年计划的决议》（以下简称《决议》）。

《决议》内容如下：

> 这个计划所规定的方针、任务和政策都是正确的，投资比例和各项指标都是切合实际的和合理的。这个计划的实现，将为我国社会主义建设和社会主义改造的事业奠定良好的初步的基础，从而促进国家的富强和人民的幸福。
>
> 通过中华人民共和国发展国民经济的第一个五年计划，并同意李富春副总理关于发展国民经济的第一个五年计划的报告。
>
> 责成中华人民共和国国务院和各级国家机关，采取有效的措施，并督促全体工作人员依靠群众，努力工作，保证按期完成和超额完成

五年计划和各个年度计划。

  各级国家机关和全国人民必须继续发扬艰苦奋斗、克服困难的精神，努力增产，厉行节约，消除各种浪费人力、物力和财力的现象，特别是基本建设方面，在保证生产性工程和技术性工程的进度和质量的条件下，应该比五年计划所规定的节约方案更进一步地节约投资和各项费用。

……

至此，历时四年之久、五易其稿的"一五"计划的编制工作胜利结束。

"一五"计划，反映了全国人民迫切要求改变我国贫穷落后的面貌，建设繁荣昌盛的社会主义新中国的共同愿望。

苏联援助中国"一五"建设

1953年1月1日,新年的第一天,党和政府通过《人民日报》发表元旦社论《迎接1953年的伟大任务》,文章庄严宣告:

> 我国经济恢复时期已经结束,今年将开始执行国家建设的第一个五年计划。

从此,全党和全国人民把自己的注意力转移到了社会主义工业化建设的任务上来,兴高采烈地投入新中国大规模、有计划的经济建设事业之中。

第一个五年计划最终编制完成是在1955年,而"一五"计划的开始时间却是1953年,这在当时是有特殊原因的。

原来,在我们这样的大国,初次编制五年计划缺乏必要的经验,地质资源情况也掌握不清,国民经济中的多种经济成分并存更增加了计划工作的复杂性。

由于上述原因,我们只能一面建设,一面编制计划。

在一五建设中,中国之所以能取得如此大的成就,与苏联的帮助是分不开的。

早在1949年底至1950年初,毛泽东第一次访问苏联时，苏方就提出帮助中国的意愿。

当时，斯大林就曾主动询问毛泽东："你这次远道而来，不能空手回去，咱们要不要搞个什么东西？"

毛泽东以他特有的哲理和幽默回答说："恐怕是要经过双方协商搞个什么东西，这个东西应该是既好看，又好吃。"

其后不久，朝鲜战争爆发，中国共产党和政府毅然决定派出志愿军赴朝作战，抗美援朝，保家卫国。这样，中苏关系进一步加强了，斯大林再次主动提出要给中国以物质的援助。

1952年8月20日，周恩来与斯大林举行会谈，这也是中方代表团访苏后的第一次中苏正式会谈。

会谈开始后，斯大林首先表达了苏方对中国的感谢，斯大林认真地说："我们应当感谢中国人民正在进行的正义斗争，中国对我方的巨大援助还在于中国向我们提供了橡胶。所以，我们要感谢中国。"

周恩来谦虚地说："很遗憾，中国对苏联的援助是不够的。"

随后，周恩来就151个工业企业的设计与施工，向中华人民共和国派苏联专家，苏联培养中国经济、技术、科研等部门所需人才等事项，向斯大林提出了请求。

周恩来说："以前派往中国的苏联专家做了大量工作，尤其在培养中国工人干部和专家方面。"

周恩来请求苏联扩大人才方面的援助，挖掘潜力再向中国派 800 名苏联专家，并允许中国政府派中国青年前往苏联学校学习，派中国实习生前往苏联工业企业实习。

周恩来还请求通过提供技术资料给予中华人民共和国科技援助。

斯大林听后，很爽快地答应满足中方提出的这些请求。

在会谈中，当谈及有关五年国防计划的问题时，周恩来表示，他在准备材料，并将送交有关这一问题的书面报告。同时，周恩来还表示希望得到军事装备。

同时，周恩来还提出：关于 60 个师的装备已有协定，还想讨论海军方面的供应问题，并询问能不能得到飞机方面的援助。

斯大林很关心中国政府是不是打算建立飞机厂。

周恩来表示第一个五年计划期间很难办成这件事，尤其是在制造喷气式飞机方面。要掌握飞机生产技术最早也得 5 年以后，而要掌握发动机制造技术也得 3 年以后。

斯大林听了周恩来的解释后，提议说："苏联可以向中国提供飞机发动机和其他配件，而中国可自行筹建这种飞机装配厂，人才可从中得到培养。然后可把飞机装配厂改造成飞机制造厂。我们走过的就是这样一条路子。中国的同志也适合选择这样一条路。应当先建一两座发动机组装厂，我们可以提供飞机发动机等配件。飞机在中国装配。波兰、捷克斯洛伐克和匈牙利就是这样做的。应当筹办这件事。装配厂建成后，过3年可再建飞机制造厂。这是一条最便捷、最正确的途径。"

9月3号，周恩来和斯大林又举行了第二次会谈。

这次会谈还涉及借助苏联方面的财政、技术援助，建立中华人民共和国的工业企业问题。

在会谈中，周恩来说："初步拟定建设151个工厂，而航空工业企业、坦克制造和船舶制造企业除外。现在已将151个工厂压缩为147个工厂。虽说这些企业不仅为民用，而且也为军需服务，但不是军工企业。"

斯大林略微沉思了一下说："通常我们很少建新企业，而是竭力扩建老企业。这比较经济。战争时期我们把飞机修理厂改造成飞机制造厂，把汽车制造厂改造成坦克制造厂。我们扩大了企业的业务范围——由各企业制造零部件，然后组装。这种办法中国应当试试。这比建专业工厂容易。"

在谈到中国偿还中苏贸易中欠下苏联方面的债务问题时，周恩来表示，偿还债务有三种办法：扩大中国对苏联的出口；用外币清偿债务；接受苏联新贷款。

周恩来问斯大林，上述弥补中苏贸易差额的办法中哪种最可取。

斯大林认为三种办法均可以采用。

对此，斯大林明确表示说："美元最好，因为英镑流通范围有限，关于港元，我必须征询苏联财政部的意见。"

斯大林又说："苏联非常需要铅、钨、锡、锑。希望增加这方面的供应。我们还可以购买苏联能在别国购买的柠檬、橙子、菠萝。"

随后，周恩来提出苏联新贷款问题。

他说：中华人民共和国政府希望得到40亿卢布的苏联贷款，其中8亿卢布用于偿付提供的工业设备，1亿卢布用于安排天然橡胶的生产，而其余的贷款打算用于偿付中国人民解放军60个师的装备和海军的供货。

斯大林说："款是要贷的，但究竟贷多少，要经过计算。我们不可能贷40亿。"

周恩来说："购买飞机的钱并未计算在内，买飞机以现金支付。"

斯大林说："这里的问题不在于数字，而在于我们能不能生产出这么多装备。这一情况要弄清楚。为此需要两个月的时间。"

然后，周恩来提出关于向中国增派各类苏联专家的请求。

周恩来认为，从1953年起中国大约需要750位新派的专家，其中417位军事专家，190位财经问题专家，140位包括医学在内的各类学校教师和其他中国机关工作人员。

此外，周恩来请求苏方能够多派些军事工业方面的专家。

斯大林回答道:"派是要派,但派多少,很难说。"

斯大林当时关心地问:苏联驻华专家是不是带来了好处。

周恩来保证说:"带来了很大好处。"

1952年10月5日,苏共第十九次党代表大会召开,刘少奇率中共中央代表团参加了苏共的这次大会。

苏共十九次党代表大会,特别是苏联制定的第五个五年计划大纲,对世界社会主义阵营来说,是一件非常鼓舞人心的大事。同时,这次大会对我国第一个五年计划的制定和我们请苏联援助项目的提出,也提供了重要依据。

苏共十九次代表大会结束后,我国代表团就开始积极紧张地准备着谈判事宜。

当时,由于每天都要研究和讨论我方代表团提出的项目,所以代表团成员几乎把要谈的项目都背下来了。

1953年3月5日,斯大林因突患脑出血逝世。

斯大林逝世的消息使我国代表团感到十分震惊,不知道接下来的谈判会不会受到影响。

斯大林逝世以后,苏联的党政组织进行了很大的改组,苏联的政局也开始动荡。

1953年4月初,中苏双方正式进入关键性的谈判阶段。在此之前,我们同苏联方面也不断接触,就一些具体项目进行商谈,但是还处于零星、个别的项目谈判阶段。

到 4 月中旬，各方面的谈判都已进行得差不多了。我方原来的计划设想是委托苏联帮助我们设计 150 个新项目，其中约有 60 项苏联没有接受。

这时候，李富春派宋邵文回国向中央汇报。

4 月 17 日，毛泽东亲自主持会议，政治局专门听取了宋邵文同志的汇报。

在会上，宋邵文汇报了与苏联新议定的 91 项新设计项目和原已决定的 50 个项目，一共是 141 项的情况。

对苏联同意建设和答应援助中国的项目，以及苏联希望中国向他们出口的一些稀有金属，主要是钨、锡、锑、汞等，这些事项毛泽东基本上表示赞同。

听到宋邵文关于萨布罗夫的建议报告后，周恩来讲，苏联国家计委给大家讲课的记录很好，应该印发到省委去学习。

对于苏联提出我们的铁路计划太庞大的意见，毛泽东和周恩来认为：我们的铁路太少，尽可能还是要多修些。

同时，中央还赞同苏联国家计委提出的我国应在国外设立经济参赞处的建议。要求经济参赞处负责五件事：项目设计、成套设备引进、聘请专家、交流技术资料和派遣实习生等。

宋邵文从北京返回莫斯科以后，苏联方面已经答应我方提出要求设计的项目清单，并提出了他们认为应削掉的项目清单和要求中国出口物资的清单。

5月15日，中苏双方由李富春和米高扬分别代表两国政府签订《关于苏维埃社会主义共和国联盟政府援助中华人民共和国中央人民政府发展中国国民经济的协定》。

在正式签订的协定中，明确了苏联帮助中国设计并援助建设的项目为141项。其中，在我们去苏联谈判之前就已议定的项目50项，赴苏联谈判过程中新确定的项目91项。

后来，苏联方面又同意追加了15项涉及军事工业方面的项目，使总项目数增加到156项。这就是156项的由来。

协定正式签订后，我方代表团都开始整理资料，做好善后工作，准备回国。其他未了事宜则交大使馆办理。

我方代表团于5月24日下午乘上火车，经过整整9个昼夜的颠簸才回到北京。

至此，历时近10个月的苏联谈判画上了圆满的句号。

1954年10月12日，中苏两国政府又达成《对于1953年5月15日关于苏联政府援助中华人民共和国中央人民政府发展中国国民经济的协定的议定书》。其中苏联政府同意援助中华人民共和国政府新建12个企业和改建一个滚珠轴承工厂。

至1954年底被确定为156项建设项目，这也就是第一个五年计划中提出的建设重点。这些项目确定以后又有所调整。

在"156项"中，实际实施了150项，其中包括：长春一汽、鞍钢、玉门等很多大的工程。"156项"工程为中国取得了巨大的经济建设成就。在立项所用的5年左右时间中，中国与苏联、东欧等友好国家建立了贸易往来，通过平等互利的贸易协议获得建设所需的资金、技术和设备。

在利用苏方资金、技术和设备的过程中，强调从中国的实际情况出发，要在中国进行设计，要加快消化吸收，尽快培养中国自己的设计技术人才。

陈云曾说：

> 对于苏联人民给我们的援助，无论是革命战争年代给的，还是和平建设时期给的，中国人民都没有忘记，也永远不会忘记。

"156项"建设是新中国首次通过利用国外资金、技术和设备开展的大规模的工业建设。在工业基础极端薄弱、建设经验近乎空白的条件下，中国第一代党和国家领导人以高度认真负责的态度开展了建设项目的立项工作。

全国积极支持"一五"建设

1953年春天,全国政协会议在北京召开。在会上,周恩来说:

今年是执行"五年计划"的第一年。我们国家计划建设的规模一开始就是极其宏大的,摆在人民面前的任务是光荣而巨大的。

于是,刚刚经历三年恢复时期的中国经济,正式走入了"一五"计划时期。

在五年内,全国经济和文教建设的投资总额为766.4亿元,折合黄金7万万两以上。用这样大量的投资进行国家建设,这在中国历史上是空前的。

第一个五年计划的基本任务,是集中主要力量进行以苏联帮助中国设计的156个重点项目为中心的、由限额以上的649个建设单位组成的工业建设,建立我国社会主义工业化的初步基础;发展部分集体所有制的农业生产合作社,并发展手工业生产合作社,建立对于农业和手工业的社会主义改造的初步基础;基本把资本主义工商业纳入各种形式的国家资本主义轨道,建立对私营工商业的社会主义改造的基础。

周恩来十分重视"156项"重点工程的建设，有些工厂选择厂址，他亲自过问，并下去实地考察才最后定下来。

除了领导人的英明决策和领导外，刚刚翻身做主人的全国人民工作热情高涨，齐心协力，努力工作，最终顺利完成"一五"计划。

当时，工人阶级作为领导阶级和工业化战线上的主力军，以积极生产的实际行动投身于国家建设。

以下是"一五"计划实施期间的几个画面：

在黑龙江省齐齐哈尔市某村，全村在村支书李向前的带领下，每天天没亮就出工，天黑才收工，奋战了6个月终于把一片荒原改造成了600亩良田。

....

江西三二〇厂车间之间开展技术交流和互助协作挑应战竞赛，各车间24小时分3班昼夜作业，做到人停机器不停，许多职工连续30多小时不下生产第一线。

....

在吉林化工区，从全国各地调集的3万名职工，顶着凛冽的寒风，在零下几十度的气温下，夜以继日地战斗在松花江畔。仅用了两年半的时间就在一片荒芜的松花江畔建立起了一个新的化工区。

....

1953年8月，中共中央发出《关于增加生产、增加收入、厉行节约、紧缩开支、平衡国家预算的紧急通知》。着重解决上半年财政工作的错误，解决财政赤字问题。

具体措施如下：

增加财政收入，银行增缴利润2亿元，并在下一年银行发行货币8亿元中拿出6亿元作财政支出；减少财政支出，中央经济建设减少5亿元，军费减少3亿元，中央文教、行政费用减少2.5亿元，地方减少2亿元，总计可减少12.5亿元。

全国总工会积极响应，号召工人阶级在全国掀起一个群众性的增产节约运动高潮。

鞍钢机械总厂青年工人王崇伦先后8次改进工具，创造了"万能工具胎"，大大提高了生产效率。按1953年定额计算，他一年完成了4年多的工作量，产品全都是一级品。

1954年2月8日《人民日报》发表社论，号召发扬王崇伦的工作精神，提前完成国家计划。

广大农民用努力增加生产、积极交纳农业税和交售粮棉的实际行动来支援工业建设。在工业建设中，特别是在矿区建设上，大批青年农民被吸收到工人阶级队伍中来，成为工业建设中的生力军。

知识分子、工程技术人员和科学工作者，在为实现国家工业化大显身手。大批高等学校和各类专业技术学校的毕业生，无条件服从国家统一分配，为社会主义建设贡献青春。

正是由于全国亿万人民在党和人民政府的领导下，齐心协力，努力生产，使得农业生产丰收，工业建设战线捷报频传。

第一个五年计划原定到1957年完成，然而到了1956年底，我国第一个五年计划原定的主要指标都已经基本完成，"一五"计划提前完成了。

二、交通运输喜报频传

- 藏族同胞们说:"路,是为我们修的,我们也要尽一切力量参加修路。"

- 公路局局长大吃一惊:"在青藏高原修公路?这是件大事,我们作为主管部门,从来没有安排这项工程呀!"

- 一个被叫作高胡子的老领工员就责问工长:"你们的男电焊工没有了吗?为什么派她们到水上来?"

康藏公路全线通车

1954 年 12 月 25 日,世界屋脊上的古城拉萨,终于迎来了举行"康藏、青藏公路通车典礼大会"的时刻。

广场充溢着雄壮的乐曲,人们跳起欢乐的舞蹈,唱响嘹亮的歌声。这一切都和激动的热泪交织着,融合着,激荡着。

从康藏、青藏两条公路开来的 350 多辆汽车缓缓进入布达拉宫前的广场,送来了筑路的功臣、模范和战士技工、民工的代表。

两路大军会合了,人们热烈欢呼,大家紧紧地拥抱,亲切地握手。到处都是哈达和彩花。

10 时 40 分,康藏公路举行剪彩仪式。

走到彩门前参加剪彩的有张国华、陈明义、穰明德、慕生忠、噶章·罗桑仁增等。

张国华在音乐和鞭炮声中,先后剪落横在康藏、青藏两条公路上的彩绸。

车队徐徐穿过高耸的彩色牌坊,开向欢呼的人群。

汽车上的筑路负责干部、功臣模范们,和欢迎的群众互相招手致意。

康藏、青藏公路的修筑与全线通车震惊了中外,这是发生在世界屋脊上的奇迹。在人类公路史上,它占了

"五个最"，最高、最险、最长、工程量最大、修建速度最快。

这些"最"的取得当然离不开中央的支持，离不开全国人民的支持，离不开铁路建设者的艰苦奋斗。

早在1950年，毛泽东就曾打电报给在西南的邓小平与贺龙，他在电报中指示：一面进军，一面修路。同时，毛泽东还强调为了帮助各兄弟民族，要不怕困难，努力筑路！

毛泽东将这幅题词送给进藏先遣部队的中国人民解放军第十八军，并把修建进藏公路列为新中国成立初期的重要工程项目。

1953年1月1日，毛泽东最后批准康藏公路走南线的方案。同时，还提出了1954年通车拉萨的要求。

在康藏公路修筑工程中，比较艰险的工程包括战胜怒江天险、征服敏拉山。

怒江是康藏路上最凶险的大江，它在洪水季节，每秒流速常常高达18米。

1953年10月，筑路部队工程兵五十二师在怒江摆开了战场。

当时，怒江东岸的公路已经修通，打通石崖的重点工程在西岸，除了桥工队和他们的少量机械驻扎在东岸，大批部队都住在西岸悬崖后面比较平缓的山坡上。

部队架桥前的头一仗是劈下桥东头三四十米高的石岩，加宽桥头工地。

一连副连长李开和同老工人领先爬上了岩顶。他们打下钢钎，拴上保险绳、风钻后，紧接着爬了上去。

随着他们手中风钻的吼叫，石末漫天飞扬，遮住了石岩，没过多久，大家就浑身上下都白了，只能看见两个黑眼珠在滚动。

在修建过程中，藏族同胞组织了数不清的牦牛运输队支援着部队。他们说："路，是为我们修的，我们也要尽一切力量参加修路。"

就这样，藏胞们不分昼夜地翻山越岭，奔向怒江两岸。

筑路队虽然住在怒江，但是吃水却万分困难。因为他们只能住在山顶，但山顶没有路通向怒江。怒江天险总是给战士们带来千奇百怪的困难。

战士们就用油布和雨衣捆成许多水桶，爬过崎岖的陡坡，把水抬到山上。

在这里，部队采用了苏联的经验，在有的地段上修筑了巨大的包坎，保证不让公路受到塌方和山洪的破坏。

指战员们表示，既然公路盘上了两岸的悬崖，钢桥就要横跨在江上的山谷。

西南公路工程局局长穰明德来到桥头，检查架桥工程。前面，公路快修好了；后边，汽车快要来了，时间更加紧迫。

为此，架桥工程师紧张地指挥着，技工们夜以继日地工作着，钢桥以惊人的速度向对岸的峡谷伸展。

部队经过研究认为，怒江新桥是一座大型的双曲拱桥，最好先在岸上预制出桥梁构件。

可是部队施工工地太小，劈下半边岩，工地也只有18平方米，展不开兵力，放不下庞大的预制件，设备也不够。

战士们为解决这个大难题，采用了先上拱架然后编钢筋、浇灌混凝土的办法。

但是，上拱架是建桥工程中最艰险的工序，要闯过两道难关：

第一关是要先在江面上空架起6根钢丝绳，以便为上拱架创造条件。由于江水急，冲力大，8名战士苦战了半天，累得通身是汗，新手套磨得稀烂，才从东岸拉过第一根钢丝绳。6根钢丝绳，战士们整整用了两天半的时间才全部拉过来。

第二关是上拱架，必须有人站在拱架上，以便把拱架安放到适当的地方。这是江面上的高空作业，安放拱架的人要胆大心细，出不得差错。

战士们虽然知道这是件危险事，但都请求上第一片拱架。

上第一片拱架那天，部队的主要负责同志和郑之和老师傅亲自在桥头指挥，救护车停在桥头，4名熟悉水性的指战员，乘木筏在江心等待抢救。

战士凌昌权和杨明泽身上背着几十斤重的夹板和工具，勇敢地登上第一片拱架，大家看着拱架慢慢向怒江高空移动。

这时，江面上忽然刮起大风来，岸上有几名战士未按住帽子，帽子就被卷进江里。几吨重的拱架被大风刮得荡来荡去。

指战员们眼望着拱架上的凌昌权和杨明泽，觉得心好像提到了嗓子眼。

作预备的战士们早已扎绑妥当，万一凌昌权和杨明泽出事，他们立即顶上。

凌昌权和杨明泽冒着生命危险，和大风搏斗了十来个钟头，才安好这片拱架。

上好大小拱架先后经历了十多天，大家每天都在和艰险作斗争。

就这样，战士们经过一年多的艰苦奋斗，他们汗洒怒江岸，汗湿怒江桥，手上血泡成老茧，终于使天堑变通途。

敏拉山是康藏公路西通拉萨的最后一座大山，它的垭口海拔 4976 米。山上悬崖怪石遍布，夏天也飘雪花。尤其是皮康崖，几十米高的陡壁犹如刀削，下面是吼声如雷的急流尼洋河。

当时就有人说："那是山羊也爬不上去的悬崖，除非是神才能在那里修出公路来。"

甚至还有人说："公路触犯了神山，是永远也修不通的。"

部队在那里修路，用"苦战"二字来概括是一点也不为过的。

有一次，部队的帐篷一夜之间就被大雪压垮了37顶，粮食也不够，他们只好抽出四分之一的人员去挖野菜，每人每天靠两三斤野菜维持体力。

部队各种用品十分匮乏，没有盆子，他们就在地面上挖个坑，铺上油布，倒进水去洗脚。

从8月到9月，军民并肩战斗了30多个昼夜，终于把公路修在了敏拉山上。

1954年11月27日上午，公路修到了林芝以西100公里的工布江达的巴河，在巴河上搭建了一座小木桥。

成千上万的军民高举着各式各样的筑路工具，欢呼着，跳跃着，拥挤着，奔跑着，从东西两面涌向那座小木桥。

东西两线的筑路大军在这里胜利会师了！

然而，此时还没有完全完工，有一座大桥还没有修建，那就是要在拉萨河上修建一座大桥，它也是康藏公路的最后一件大的工程。

而此时，离中央提出的1954年竣工的日期只有一个月的时间了，时间非常紧迫。

12月3日，修建大桥的工程开工。

时任西南军政委员会交通部副部长的穰明德亲自指挥，甘城道工程师和第一桥工队队长王开棣负责实施。

汽车大队将架桥所需的各种物资运到南岸，藏族民工从200公里外扛来木料，拉萨市民纷纷前来参观、慰问。

当时，有很多藏族同胞纷纷前来观看大桥的修建。

拉萨市的小学生们连蹦带跳地蜂拥过来，他们在人群里钻来钻去。他们一会儿指着那伸出巨臂来的打桩机，一会儿指着那吐出青烟的推土机，高兴得像一群小牦牛。

有不少藏胞急着询问："大桥让不让我们走？让不让牦牛过？"当他们得到的是肯定的答复时，高兴得连连行礼。

当然，虽有很多藏族同胞的关心和帮助，但工期依然是很紧的，建设者们更是加班加点。

在工地上，起重工廖金山戴着一顶黑色的皮帽，穿着一件蓝布面子的皮大衣，他整天在工作台上指挥工人打桩。

廖金山一会儿看看桩插到河底的深度，一会儿看看桩是不是打得很直。

打桩有问题时，廖金山就操着河南口音随时提醒工人。

廖金山曾经要求上夜班，桥工队队长周长发、指导员韩瑄都说："老廖，注意你的身体吧！决定性的工作还在最后几天哩！"

桥桩打好了，架桥最紧张的日子临近了。

修建司令部的指挥员们，都日夜轮流在工地上亲临指挥。

沉重的钢架利用绞车、钢索，一节一节地缓缓地从两岸的桥基向中心架移过去。

吴春涛、廖金山、魏延仁分别扬着红旗和黄旗，站在离水面两丈多高的钢梁上指挥。

河岸上拥挤的人群，目不转睛地注视着钢架的移动。

钢架架好了，横梁纵梁架好了，桥面板铺好了，指挥员、工程师、工人们仅仅经过 17 个昼夜的奋战，就在拉萨河上架起了长达 137 米的钢铁大桥。

拉萨大桥是康藏公路上最后的也是最长的一座桥梁。

河岸上掀起了欢呼声，人们看着载重汽车一辆一辆地通过大桥，开进拉萨市区。

人们争着挤上大桥，在桥上走过来，走过去，看看桥身，看看河底。

傍晚，斜阳照在桥头，新建的桥和壮丽的布达拉宫遥相辉映。

至此，康藏公路才算是真正修成、全线通车了。据统计，这项工程共完成土石方作业 2900 多万立方米，架设大小桥梁 597 座，涵洞 2860 个。

与此同时，另外一条入藏公路青藏公路也全线竣工。康藏公路的成功修建，给建设祖国的边疆、促进西藏地方经济和文化的发展，提供了有利条件。这对促进西藏的发展，乃至全国发展都具有重大意义。

为此，贺龙以十分激动的心情写下了《帮助藏族人民长期建设西藏》的文章。

他写道：

修筑在世界屋脊上的康藏公路和青藏公路，同时胜利地通车了。这样气魄雄伟、艰巨而浩大的工程，在我国历史上是亘古未有的创举，在世界也是罕有的奇迹。从此，祖国的心脏北京与遥远的康藏高原更加紧密地连接起来了，该使我们如何的兴奋和自豪！

从此，一条连接世界屋脊的高原天路在中国出现了！

青藏公路全线通车

1951 年 8 月，慕生忠出任西北局西藏工委组织部部长兼西北进藏支队政委，与西北进藏支队司令员范明率领官兵 1663 人，赶着两万多头背驮物资的牲畜，队伍绵延 150 多公里，经过 4 个月的艰苦跋涉，才到拉萨。

那一次进藏他们第一天就损失了 20 多人，骡马损失了几百匹，加上有些骡马啃吃了有毒的草，中毒死亡近千匹。

这让慕生忠不得不考虑是否能走另外的路。

当时，党中央和毛泽东就指示所有进藏的中国人民解放军和工作人员：

为了帮助西藏民族政治、经济和文化事业的发展，应当"一面进军，一面建设"。

不久，慕生忠来到北京，由于对国家机关的分工并不熟悉，他便先找到国家民委主任李维汉。

李维汉听了慕生忠的来意后，说修路的事归交通部管，便派人领路让慕生忠去找交通部。

慕生忠见到交通部公路局局长后，便径直提出要在青藏高原修一条公路，请交通部在经费上给予支持。

公路局局长大吃一惊:"在青藏高原修公路?这是件大事,我们作为主管部门,从来没有安排这项工程呀!"

慕生忠说:"所以我才来要求的呀!"

"你是代表西藏工委来的吗?"

"不,我代表我个人!"

公路局局长感到不可思议,因为这不符合正常程序,而且没有进行可行性论证。

他明确地对慕生忠说:"同志,我们国家建设刚刚起步,到处需要钱。抗美援朝战争打了3年,国家花了不少钱。现在康藏公路已修了几年,投进去多少亿还没见名堂。你要求修青藏公路不但国家第一个五年计划不能安排,第二个五年计划也安排不上。"

就这样,修建青藏公路的提议没有得到认同。

然而,慕生忠并没有灰心,他想到了刚从朝鲜战场归来的彭德怀。

彭德怀在第一野战军担任司令员时,慕生忠是第一野战军的民运部长,并且彭德怀以前对西北的情况就有所了解。

于是,慕生忠就找到了彭德怀,没想到彭德怀非常积极支持修建青藏公路。

在彭德怀的推动下,青藏公路获得了中央的认同,很快中央关于修建青藏公路的报告批下来了,同时拨款30万元。

修路报告批下来以后,彭德怀把慕生忠叫到办公室,告诉他:"总理已把你的报告批准了,下面的戏就该你唱了。"

按照当时修建公路的最低标准，这30万元充其量能修5公里，虽是杯水车薪，但对慕生忠来说也是弥足珍贵了。

在充分听取了工程技术人员的意见后，彭德怀亲自确定了青藏公路的入藏线路，并确定以解放军为主修路。

慕生忠已经很满足了，但他还是向彭德怀试探道："能不能再给10辆卡车和10个工兵，再拨些工具。"

彭德怀干脆地说："行！都由西北军区给你解决。工具给你1200把镐，1200把锹，3000公斤炸药。另外，再给你一辆吉普车，你总得跑路嘛！"

慕生忠高兴地说："太感谢首长了！"

后来彭德怀又从西北军区抽调了大量军力和物力投入此项工作。

慕生忠每次提起彭德怀，总会这么说：

没有彭老总，就没有青藏公路！

修建开始后，要在到处都是荒漠的西北地区选择一个合适的工程大本营也不是件容易的事。

1953年底，西藏运输总队进藏运粮时，驮工们就发现在香日德以西300公里之处，有个叫噶尔穆的地方，从那里进昆仑山路比较好走，没有多少沼泽盆地。

此时的噶尔穆，就是青藏公路的筑路大本营和青藏公路南线起点格尔木的前身。

修建青藏公路，是以格尔木为转折点，分为东、南两线。东线起自西宁，经湟源、香日德、诺木洪，到格尔木。南线经纳赤台，跨过昆仑山、唐古拉山直下藏北大草原，经过那曲、羊八井，到西藏自治区的首府拉萨。

慕生忠领导修筑的青藏公路，便是这南线近 1300 公里的公路。

当时，根据驮工们提供的信息，慕生忠派张震寰带领几个得力的年轻人，拉着几头骆驼，去噶尔穆建立转运站。

1953 年 6 月，张震寰和赵建忠带了一个小分队，拉着几峰骆驼动身了。他们的任务就是找噶尔穆。

他们一路走走停停，看到有水的地方就在荒漠中等着或者去看看周围有没有牧民，他们见人就问："这是不是噶尔穆？"

一路上的少数民族牧民都不大懂普通话，就比画着告诉他们："大水，大水的地方就是。"

他们就这么糊里糊涂地往西走，傍晚走到一个地方，突然看到一片无边的芦苇，许多黄羊和野马在追逐着。他们还看到水边有一户哈萨克族人家，就上去问噶尔穆在哪儿？

牧民指指那水，但是他们沿着水的流向往南看，只看见一片望不尽的干涸而苍茫的荒漠。

张震寰派人回去告诉了慕生忠，他强调，他一点都不能肯定这就是噶尔穆，而且似乎根本看不到路。但慕生忠还是领着大部队随后来了。从香日德出发沿着骆驼的蹄印，边修路边行进，走走停停，经过 4 个昼夜，把汽车开到了那个据称是噶尔穆的地方。

他们沿着柴达木盆地向西走去，等到地势开阔平坦起来的时候，他们停了下来，在茫茫的戈壁滩上扎下了 6 顶帐篷。

面对这里的荒凉，当时很多人在争论这里到底是不是噶尔穆，以及那条路到底存不存在。

慕生忠本来一语不发，后来就说了一句："帐篷驻在哪儿，哪儿就是噶尔穆。"然后转身走了。

年轻人为了防御野狼的袭击，又到十几公里外运回了沙柳，绕着帐篷垒起两米多高的围墙，他们给自己的城堡起了个名字——"柴禾城"。

这便是格尔木最初的建筑。

不久，1200 人组成的修路队伍来到了格尔木，于是在柴禾城的周围又冒出了近百顶帐篷。

顿时间，荒无人烟的格尔木日渐热闹起来，成为名副其实的大本营。

以后，每每有人问起慕生忠："慕政委，格尔木到底在哪里？"

慕生忠也都会自豪地回答："我的帐篷搭在哪里，格尔木就在哪里！"

安顿好大本营之后，紧张的工程就要展开了。

可是，当时在驮工中却流传着这样的说法："青藏高原上根本不能劳动，一干重活就会死人。"

于是队伍中有人开始打算逃跑，一时间闹得队伍里人心惶惶。

慕生忠听说后，就将这些闹逃跑的人召集到一起，做思想工作。

慕生忠对他们说："青藏高原的确太苦，你们一定要回家，我也不强留了。我带着大家来运粮，粮运不过去，你们能走我却不能走。这样吧，大家临走之前，帮我开一天荒，往地里种点儿萝卜籽，我好留下来待命，也好自己养活自己，行不行啊？"

驮工们一听，这个要求合情合理，当然行啊。

于是，第二天一大早，将近100名驮工来到荒滩上，挥起铁锹开荒。一天下来，开出了整整27亩荒地，所有的驮工都安然无恙。

慕生忠这时又把这些人集合起来，他说："谁说青藏高原上不能干重活？大家开了一天荒，这活也不轻嘛！修路就跟开荒差不多，有什么可怕的？大家留下来跟我一起修路，这是历史上还没人干过的一项伟大事业。不平常的事业就是咱们这些平平常常的人干出来的。咱们要用自己的双手，在世界屋脊上开辟一条平坦的大道，在柴达木盆地建设一座美丽的花园。"

"一劳动就死人"的谣言就这样不攻自破了，而慕生忠所说的最后两句话，也成了两句口号，一直激励着青藏公路和格尔木建设的人。

工程一开始，正好碰上当年伊斯兰教的封斋期，当时第一工程队有 70% 的人是回民。

按照伊斯兰教的风俗习惯，回族人在封斋期间，有 1 个月的时间白天不许进饮食，但如果这样，肯定会影响工程的进展。

按照上级的指示，是叫所有回族工人停工的，因为领导非常尊重各族人民的风俗习惯。

但是回族工人自己经过仔细讨论，他们向上级写了封请求书：

> 修公路是各族人民的大事，是祖国社会主义建设的大事。我们努力修路，就是表现我们爱祖国，也就是表现我们爱自己的伊斯兰教……我们全体愿意今年不举行长时间的封斋，我们要用实际的修路行动，来表示我们对教的忠诚……

领导虽然接到了回族工人们的请求书，但还是考虑到尊重兄弟民族风俗习惯的重要性，再一次和他们全体回族工人商量讨论。

最后回族工人们提出：举行一次礼拜，作为他们的封斋仪式，领导们才同意了。这样，他们就算度过了当年的封斋期。

举行仪式这一天，总队部专门给回族工人们放了一天假，由他们自己组织来到工地旁边的山顶上，照着他们伊斯兰教的规矩，面向西南做了虔诚的礼拜和祷告，仪式就算结束。

队上其他各族的工人们这天也提出来：为了祝贺回族工人们的佳节，帮他们加班做工。

总队部还特地为每个队的回族工人送了一头牛，来庆贺他们过节。

但回族的工人们宰了牛，却一定要全队人一齐吃，吃完以后，当时就又全体上工了。

在修建青藏公路的过程中，当地的少数民族同胞给了工程很大的帮助。

拉萨西部农场的场长高慎之，把他们在温床和暖室里培育好的各种新鲜蔬菜送来给修路部队。

东噶村附近的藏族同胞们，更是热情地接待着这些来自远方的客人，他们把村前村后都专门修理了，好让汽车通过。

有个名叫巴柱的青年，捧了一碗热茶向修路战士说："同志，这茶是用拉萨河的水烧的，请你们喝吧！"战士则拿出一包中华牌香烟送给巴柱，并且对他说："谢谢你的拉萨河水，我送你一包香烟，这是从北京带来的。"说完话，两个青年人紧紧地抱在一起，都流出了喜悦的泪水。

面对当地同胞对公路的渴盼以及他们对修路的支持，

公路建设者备受鼓舞,他们忘记了一切艰苦和劳累,拿起他们的修路工具,日夜兼程地从拉萨河渡过来,在青藏公路的最后一端上施工抢修。在很短时间内,他们就突击修成了30多里的宽阔大道。

12月16日下午,就在东噶村的东口上,从南往这里修路的人们忽然看见由北往南也来了修路的部队,大家都高兴地喊起来:"修青藏公路的老大哥部队来了!"

这两支在祖国高原上创造奇迹的筑路大军,今天在美丽的拉萨河畔胜利会师了。人们都高兴得不知道该说什么话好,有的人忘记丢掉手里的工具,就跑过来握手,有的还没有放下背包,就被高高地抬了起来。

大家相互亲切地问好,相互赠送着纪念品。这个对那个说:"你收下我的木碗吧,这是我从雀儿山、二郎山那边背来的。"

另一个说:"我的熊皮送给你铺吧,这是我从唐古拉山带来的。"

青藏部队的人还没有到齐,康藏部队的战友们早就给他们搭好了帐篷,烧好了水,做好了饭菜。

而青藏部队的战友们却谁也不愿进帐篷,马上拿起工具,发动了气压机的马达,扛起了风钻,和从康藏来的战友们一起,又到工地上并肩战斗起来。

慕生忠高兴地坐着他的吉普车驶过30里大石峡,直奔古城拉萨。

12月15日下午,慕生忠一路风尘一路喜悦地到达布达拉宫下，成为有史以来第一个坐着汽车进拉萨的人。

慕生忠一路都感慨地说："我们在修筑青藏公路中，步步都得到胜利，也时时都感到温暖。"

这不但象征着青藏公路已经贯通，也向人们表明了这样一个事实：慕生忠用 7 个月零 4 天时间修通了青海格尔木至西藏拉萨的 1283 公里的公路，加上西宁到格尔木的 800 多公里，共 2100 多公里的青藏公路可以通车了！

1954 年 12 月 25 日，在世界屋脊上的古城拉萨，青藏公路和康藏公路共同举行了"康藏、青藏公路通车典礼大会"，从此宣布青藏公路正式修建成功。

正如交通部慰问团团长王一帆在通车典礼上讲的：

> 青藏公路以它的路程长、工程量大、工期短、花钱少等特点，在世界公路史上写下了光辉的一页。

宝成铁路顺利接轨

1956 年 7 月 13 日上午 10 时，在甘肃省徽县黄沙河，宝成铁路举行了隆重的接轨仪式。

仪式开始后，宝成铁路修筑单位的 6 个负责人，把最后 6 颗特制的银灰色的道钉，钉进了接轨点上的钢轨和枕木中。

这时候鞭炮声响起，乐队齐奏，在接轨点停着的彩车，汽笛长鸣，人们热烈鼓掌欢呼，当地的少年先锋队队员和男女铁路职工涌上前去，给铺轨架桥工人的代表献了花。

像塔一样的三棱形的接轨标志上的红幕被揭去以后，扎彩的火车头响起一声长鸣，吐出一缕白烟，拉着彩车徐徐由南向北开过了接轨点，坐在车厢里的当地两百多名人民代表，都在车窗口向夹道鼓掌欢呼的人们含笑挥手而去。

接着，在接轨点附近，5000 多名铁路职工和当地农民又举行了庆祝大会。

宝成铁路的修建工程浩大，难度高。"蜀道难，难于上青天"，唐朝大诗人李白留下了形容蜀道艰险的诗句。

新中国成立后，四川人对铁路的需求是迫切的。

据著名兵工专家陈修和后来回忆说：

那时候没有火车，四川，天府之国，蜀道难，难于上青天。四川没有火车，没有飞机，我们出来的时候，怎么样出来呢？到了重庆，坐船，重庆有轮船，一直就坐到宜昌，宜昌又换船到汉口，由汉口又换船，坐到上海，差不多有时候要弄一个月，很不容易的。

1949年11月，解放军进军西南的时候，还只能徒步前进。

新中国一成立，在国民经济恢复与建设的蓝图上，关系国计民生的交通和铁路建设便摆到了突出的位置。

1952年，毛泽东指出：

修筑天水成都路，打开西北、西南通道，改变这些地区的政治、经济、文化面貌。

根据毛泽东的指示精神，铁道部开始了修建宝成铁路的准备工作。

首先要建成渝铁路，这项工程由当时西南局书记、军区司令员贺龙亲自指挥。

四川调集10万民工投入成渝铁路建设，用了短短3年的时间，成渝铁路便建成通车了。

在成渝铁路修成后的通车典礼上，贺龙主持召开成渝铁路通车大典，并亲自剪彩。

紧接着，铁道部、中共四川省委共同决定，由当时铁道部第二、第四、第六工程处参加建设宝成铁路，并投入民工30万。成立了宝成铁路指挥部，由铁道部和四川省委共同负责。

1952年7月1日，西南铁路工程局，即中铁二局前身，承担建设的宝成铁路成都段正式开工建设。

在修建宝成铁路过程中，最大的难题是铁路如何通过秦岭山脉。铁道部高级技术人员提出两套方案，请领导抉择。一套方案即试用缆车，提升过秦岭；另一套方案即试用九七连环，逐步上升通过秦岭。

当时正逢刘少奇来四川，指挥部便把两套方案提交给刘少奇审阅，最后在刘少奇的支持下，铁道部、四川省委一致决定采取九七连环方案通过秦岭。

当时，人民对建设铁路的热情非常高，正如20世纪50年代初广为传唱的一首歌《我们要和时间赛跑》中唱到：

火车在飞奔，车轮在歌唱，
装载着木材和食粮，
运来了地下的矿藏，
多装快跑快跑多装，

把原料送到工厂，
把机器带给农庄，
我们的力量移山倒海，
劳动的热情无比高涨。
我们要和时间赛跑，
走上工业化的光明大道；
我们要和时间赛跑，
迎接伟大的建设高潮。

歌曲《我们要和时间赛跑》中向人们展示着新中国对美好未来的憧憬。在西南，人们把这种热情更多地投入到铁路的建设中。

这时候，建设工地上最紧缺的是枕木。

祖坟山上的风水树过去是不敢动的，农民一听到要修铁路，就主动把风水树砍了，亲自送到铁路上来。

1953年的元旦很快到了，这是中国实行公历纪元的第四个元旦。

这一天，《人民日报》的元旦社论题为《迎接1953年的伟大任务》，社论写道：

1953年将是我国进入大规模建设的第一年。工业化，这是我国人民百年来梦寐以求的理想……

对当年的人们来说，"工业化"是一个甜蜜的字眼，林立的烟囱、轰鸣的机器、飞驰的列车就是梦想的强大。

从1953年开始，恢复了元气的新中国进入第一个五年计划。人们开始在各地跋涉，考察地形，选择厂址，勘探矿产和铁路。

1954年1月，宝成铁路宝鸡段开工。铁路开工建设以后，一时间，原先人迹罕至的深山峡谷里帐篷点点，红旗招展，在"气死猴子吓死鹰"的悬崖峭壁上，炮声隆隆，硝烟弥漫，场面很是壮观。

宝成铁路的地质情况极为复杂，秦岭一带主要是花岗岩、石英岩，间有绿泥片岩；凤县往南略阳，则多为砾岩、千板岩等；而宝鸡、广元之间则多断层，风化很严重；双石铺以南，地下水发达。

这些都给勘探、设计、施工带来了很大的压力，施工中不断调整方案，力求使线路选得更为合理。

复杂的地质形势给施工带来的困难，并没有吓倒宝成铁路的建设者们。宝成铁路的建设大军在修筑铁路的过程中，凭着铁一样的意志和火一样的激情克服了一个又一个困难。

1956年6月，工人们在周家崖开挖明堑，他们在山雨的狂袭下，已经突击了3天3夜。200多名工人和一架推土机，在刚开出的4米宽的长条形工地上，把从100多米高的陡壁上削下来的片石抛在脚下的嘉陵江里。

工人们要开挖 4000 多石方，才能完成 9 米宽的路基任务，这是完成铁路南北接轨点的关键工程的最后一战。

紧挨着工地南边几步路的庙儿崖北山头，可以望见北段工程列车在 2 公里远的地方喷出的烟柱。

6 月 23 日的 22 时，交接班的时候，工班长们向工人传达了队部晚上召开紧急会议的精神：从今天 22 时起到明晚 22 时，在这 24 小时内，要干出 9 米宽的路来迎接铺轨。

此时，工人们虽然不分日夜地突击了 1 个月，但他们依然热情高涨，他们一群一群散立在密集的雨中，他们的脸上和腿上都涂满了灰白色的泥浆。

工人们听着工班长传达任务，目光凝视着现场：大爆破后被削去了半边的悬崖峭壁上，到处是湍流的瀑布，水柱把被震松了的石块冲得哗啦啦直往下掉，真像天空下石丸一样。

再看看脚下的嘉陵江，1 米多高的洪浪虎啸般地冲击着崖石，再回头望望这座高耸在半边路基上的石山，大家就像过去在战场上冲锋前宣誓一样高喊："坚决完成任务！"

于是，艰苦的奋战开始了！

他们排成蚂蚁搬家似的行列，挖的挖，担的担，有的用筐子背，有的用肩扛。

就在大家奋力抢建之时，中间的一个风钻阵地上响起了争吵声。原来刚下班的罗万福又跑来了，他从别人的手里强夺去了风钻，说让他再干3个小时再交班。

罗万福和别人争吵了几句后，就不由分说地抱着风钻，跑进小洞似的药室里打眼，进到了两米深的时候，悬崖塌方堵塞了洞口，工友们都替他捏了一把汗，他们赶紧扒洞上的石砟。

大家扒开洞口后，却听到罗万福还在洞里开着风钻，他还告诉人们说："只要不停风，就不能停工。"

再次交班的时候，雨却下得更大了，打得工人们睁不开眼睛，他们替接班的人披上雨衣，脱下自己的胶鞋。

接班的人发现现场石头比他们交班时又少了一大片，而堆积在江岸上的石砟又升高一大截，他们向交班的人们连声夸赞。

终于到了破关的最后一天了！

一大早，就连司机和值车工，甚至还有记工员、材料员以及勤杂人员，都陆续来到了工地上，他们都是在5时就提前起床，主动去参加这最后一次破关战斗的。

这些人当中有4个人是值夜班刚下来的，才丢下手里的擦车油布，连宿舍的门都没有进，只用冷水洗了洗脸，就跟着大伙一起来到了工地上。

16时，周家崖一声巨响，屹立在路基上的岩石纷纷落在江心里。

工人们高兴地拍手叫好，眼看着自己以从来没有过的速度，开辟出了一条宽阔的路基，他们感到所有的辛苦都变成了幸福。

1956年7月12日，经过大家的辛苦努力，宝成铁路南北两端在徽县黄沙河桥即嘉陵江12号桥接轨。

宝成线80%的轨道铺设在崇山峻岭之中，穿越隧道304座，桥梁1001座，修筑涵管989座，共完成路基土石方7116万立方米，如果按立方米排列可从成都到北京走34个来回。

宝成铁路工程规模浩大，当施工进入紧张阶段的时候，曾经动用了我国新建铁路一半左右的劳动力和五分之四的机械筑路力量。

在宝成铁路修建过程中，要大量采用爆破，仅炸药就用去5000多吨。工程处工人和民工们在党中央关怀下，在全川人民的期盼中，顽强不息、艰苦奋斗，仅用了4年多的时间就完成了接轨，比计划规定的日期提前了13个月以上。

四川人民看到终于有了入蜀的火车非常兴奋，他们高兴地流下了眼泪。更有人写诗道：

喝令李白改诗句，
川陕通途人民开！

这是一场人定胜天的大搏斗，从此四川终于有了第一条通向外省的铁路，这对于发展四川经济建设，起了决定性的作用。

同时，宝成铁路在成都与成渝、成昆铁路相连，它的建成对西南地区的矿产资源开发和物资运输具有非常重要的战略意义，是连接我国西南和西北地区的大动脉，承担西南、西北两大地区间的物资交流，是全国铁路网的骨架，对于沿线工农业经济的发展起了巨大作用。

武汉长江大桥建成

1957年10月15日,中国第一座跨越长江的大桥武汉长江大桥举行通车典礼,从此南北天堑变为通途。

上午,5万多人在武汉长江大桥举行了隆重的落成通车典礼。长江大桥被装饰得格外美丽壮观,武汉市人民几十年来的愿望实现了。

10时许,武汉长江大桥落成通车典礼筹委会主任谢滋群,宣布武汉长江大桥落成通车典礼开始。

霎时,鞭炮声、奏乐声和欢呼声震撼了大江两岸。

站在龟山和蛇山上的人们挥舞着鲜花,使龟蛇二山显得更加年轻、美丽、活泼。

国务院副总理李富春参与了武汉长江大桥的剪彩,并发表了讲话。李富春说:

长江大桥的建成,是社会主义政治制度和经济制度有无限威力的一个标志。

这时,从北京开往国境线凭祥的第一趟直达快车通过长江大桥。

武汉长江大桥实际总投资1.38亿元,是我国第一个五年计划的重点建设工程之一,正桥为铁路、公路两用,长 1155.5 米，连同两端公路引桥总长 1670.4 米。

在当时，武汉长江大桥的建设牵动着全中国，乃至整个社会主义阵营兄弟国家们的心。

1952 年初，铁道部讨论了武汉长江大桥的桥址方案后，毛泽东随即来到武汉，实地查看桥址。

1952 年 2 月的一天下午，雪后初晴，大雪把武汉三镇装点得多姿多彩。

毛泽东沿盘山小道登高远望，隔江相望的武汉三镇和被长江隔断的京汉、粤汉铁路尽收眼底。

经过实地考察，毛泽东同意修建武汉长江大桥，也同意铁道部的桥址方案。

1953 年下半年的一天，汉口四官殿一带突然热闹了起来，来自四面八方的铁路、桥梁工作者汇集于此，他们租赁下破旧的阁楼、小旅馆和民房，每天乘坐小木筏到办公楼上班。条件虽然艰苦，但他们心中怀有一个共同的伟大理想，那就是在长江上建起第一座连通南北的桥梁。

当时，全国人民对大桥的感情非常深，对大桥的建设者非常敬佩。

桥工处有一名职工叫张耀江，他把一条公家发的毛呢裤子挂在房间里，被小偷偷去了，张耀江也没在意。

一个月以后，张耀江收到一封北京的来信，他很纳闷：北京我也没有亲友，谁会来信呢？

看完信后，张耀江方知偷自己裤子的人在北京被逮住了，写信的是一位北京市公安局的女警察。

这个女警察在信中说，通过工作证查找得知张耀江是武汉长江大桥桥工处的一名工人，她对张耀江和其他大桥建设者非常崇敬，还说其他失物随后寄到。通过此事便可以看出人们对大桥的感情。

在武汉大桥施工大军中，还活跃着一批年轻姑娘。

1956年夏天，这批姑娘在山海关电焊技工学校经过两年的学习毕业了。不久，组织上分配她们来到工业战场的前线武汉长江大桥。

来到武汉长江大桥工地后，工地领导把她们10个人分配到长江两岸负责电焊，她们的新生活开始了。

武汉的夏天是非常热的，工地上电焊工的辛苦，她们也一一看在眼里，然而，她们并没有退却，反而积极学习，并很快投入到大桥的建设当中。

在新的天地里，姑娘们虽然年龄不大，但什么困难、什么风浪都不能阻止她们飞行。她们是长江上白鸥的女儿，生来就是为了与风浪作斗争的。

很快，最紧张的工期来临了。

为了迎接紧急的架梁任务，五号墩的承台电焊任务限定56小时完成，负责这项工程的机电分队挑选了最优秀的电焊手组成了突击队。

然而，这批姑娘们居然都没有被选中。她们发疯了一样去找工长、队长、团委书记，到处请求：

让我们参加突击队吧！

为什么不叫我们参加突击队？

"你们女同志体力不够！"工长说。

"我们在岸上不是和男同志一样干么？"女工追问。

"墩上和岸上可不一样！"接着，工长向她们解释墩上如何艰苦，如何困难……

"它能比战场上还艰苦吗？"一个叫沙素贞的姑娘问工长，"郭俊卿在战场上仗都打了，我们连墩上都不能去？"

沙素贞这个踏实、不爱说话却富于理想的姑娘，总是以英雄人物为榜样严格地要求着自己，她在生产上处处走在前面，在生活中时时体贴着别人，虽然她的年纪在姑娘中间并不大，可是大家都像尊敬老大姐一样尊敬她。

工长看这群姑娘这么坚决，不好说服，最后只得说："我给队长说说看。"

队长也没有答应她们的要求，她们最后一直闹到党支部，胡书记说："还是让她们去试试看吧！"

于是，姑娘们欢天喜地地来到五号桥墩。

这一下，工地上沸腾了，"女工上了桥墩"的消息迅速传遍工地。

一个被叫作高胡子的老领工员就责问工长："你们的男电焊工没有了吗？为什么派她们到水上来？"

这是这位老领工在他一生修桥生活中第一次看女电焊工在水上工作！

姑娘们顺着层层淋满泥浆的木梯，走下30多米的江底，这是个多么新奇的世界啊！电焊的白烟像雾一样地弥漫着，丛林般的钢筋在蓝光中闪烁，钢筋工、装吊工……各种工人在上下奔忙着。

姑娘们拿起焊钳在这最理想最艰苦的地方放起光来。汗珠流在眼里她们也没有用手去擦，上面滴下的泥水，滴在焊钳上，钳子漏电了，手一阵阵的麻起来。

姑娘们在工作中的激情很高，心中的兴奋赶走了劳累，直干到零时下班了还不愿意离开。

在回宿舍的路上，很多姑娘都累得抬不起脚来，上台阶时，田淑芝一下子倒在了王素琴的身上。

于是，姑娘们把她架回了宿舍。

大家躺在床上呼呼地睡了一夜。第二天早晨，有的叫腿酸，有的叫胳膊痛，都累坏了。

然而，劳累并没有让她们退缩，有人提议要建立个公约，就是"除了在宿舍里，谁也不准叫累"，因为这个秘密叫别人知道了，就再也不能到墩上工作了。

很快，年轻的突击队员们提前十小时就完成了五号墩承台的焊接任务。

接着，七号墩的焊接任务开始了。领导要求在10小时内完成七号墩的焊接任务，时间非常紧迫。

突击手们勇敢地接受了这个任务，在方圆十米半的桥墩内,集中了十多部电焊机,刺眼的焊光四处闪射,焊钳麻的手臂又酸又沉,但谁也不愿意休息一会儿,任工长知道沙素贞的倔脾气,就让她到墩顶上去看守电焊机。

"看它做什么?"

"电焊机坏了!"工长只得说谎。

沙素贞到墩顶看电焊机运转得很正常,才知是叫她出来换空气来了。不一会儿,她又投入了火热的战斗中。

在武汉大桥修建过程中,还有一批苏联专家为了大桥的修建在日夜奔劳。

西林是负责帮助局长和总工程师进行全面领导工作的苏联专家。按照规定,每天下午到 5 时就可以下班了,但他却经常工作到七八点钟,有时在夜间也到工地上了解情况。

在星期天,西林也常常只休息半天,另外半天就乘小艇到风大浪急的长江上检查各项工作进行的情况,发现问题就立即帮助解决。有时,为了解决一些重大的技术问题,西林还不辞辛苦地往返奔走于武汉、北京和莫斯科之间,和中国、苏联的桥梁专家们交换意见。

波良可夫是帮助进行钢梁的制造和架设工作的苏联专家。在工地上或车间里,波良可夫经常工作到夜间十一二点后才去休息,可是第二天清晨四五点钟时,人们又看到他出现在工地或车间里。

有时,波良可夫由于劳累过度昏倒了,但当他刚好些后，就又不顾人们的劝阻回到工地或车间。人们曾多次劝他医好了病再工作，可他总是说："不要紧，把桥建好了再住医院是一样的！"

1956年，大桥正在紧张施工中。一天清晨，毛泽东来到武汉视察大桥工程，负责同志问："是岸上看，还是水上看？"

毛泽东说："水上看。"

毛泽东乘坐"武康号"轮船，经汉阳晴川阁上行，从二、三号桥墩间穿过，驶到鹦鹉洲附近的江面后，又折回下行，从三、四号桥墩间穿出。

此时，武汉长江大桥的水中桥墩已经全部建成，钢梁从汉阳岸边向江中延伸。

毛泽东在船舱里一面听取汇报，一面翻阅资料，插话，提问，发表意见。最后，毛泽东对建设的进程表示满意。

1956年4月，苏联部长会议第一副主席米高扬在参观了武汉长江大桥工地后留言：

> 中国工程师和苏联桥梁建筑家们的合作，在这一伟大的建筑中作出了很好的成果，这个成果的取得是空前未有的中苏技术合作的象征，光荣属于中苏建筑桥梁的工程师和工人们。

越南人民领袖胡志明主席，在参观大桥工地时兴奋地说："长江大桥不仅是贯通中国南北的桥梁，它还是贯通河内、北京、莫斯科的桥梁。"

1956年10月13日，印度尼西亚总统苏加诺在陈毅副总理的陪同下参观长江大桥工地，看到大桥工地宏大的场面，苏加诺很是振奋，他极其热情地赞扬这一伟大工程，临走时特别为大桥题词：

建设大桥，建设未来——光辉灿烂的未来！

1957年9月，武汉长江大桥胜利竣工之际，毛泽东再次视察大桥。

这天傍晚，毛泽东的轿车从汉口方向驶来，沿山间公路一直开到汉阳桥头堡旁，徐徐停稳。

毛泽东从车内走出，他身穿灰色中山装，脚上穿一双布鞋，和等候在桥头的铁道部大桥工程局的领导一一握手，然后健步走上大桥。

在大桥上，毛泽东一面俯瞰武汉三镇，一面细心询问大桥工程情况，还指着江心询问修复黄鹤楼的情况。

当到了武昌桥头堡的凉亭处休息时，一位领导将一本《武汉长江大桥工程》画册递给毛泽东说："这本书里有一封信，是建桥全体职工给主席的。"

毛泽东高兴地点头收下。

陪同的领导同志又拿出纸和笔请他题词，毛泽东认真地说："这可要好好想一想。"

然后，他高兴地和大家握手告别。

几天后，毛泽东派人送来了题词：

一桥飞架南北，天堑变通途。

1957年9月，武汉长江大桥全线竣工，本来应该在10月1日国庆节举行大桥竣工庆典，却安排在10月15日，主要是考虑治安秩序和公共安全以及大桥的荷载。

当年的10月15日是星期二，估计不会有太多的人，结果桥上还是上了3万多人，围在大桥两端观看的有近百万人，武汉市那时的总人口是200多万。

武汉长江大桥的建成通车，结束了中国南北交通不畅、火车过江须通过轮船摆渡的历史，使平汉铁路、粤汉铁路变成了畅通的京广铁路，使新中国的经济发展驶上了快车道，开创了万里长江建设公铁两用桥的新纪元。

三、基础工业蓬勃发展

● 铸造车间的工人都说:"决不能让3年建厂的列车,在我们这一站误点!"

● 兰州通用机器厂厂长说:"只要玉门油矿生产需要,任务再艰巨我们也要尽力设法解决。"

鞍钢三大工程顺利完工

1953年12月26日,鞍钢的三大工程大型轧钢厂、无缝钢管厂、七号炼铁炉举行建成投产典礼。

鞍钢全体职工立刻写信给毛泽东,向他报告这一喜讯。

收到喜讯后,毛泽东亲自复信祝贺。毛泽东在信中说:

鞍钢无缝钢管厂、大型轧钢厂和第七号高炉的提前完成建设工程并开始生产,是1953年我国重工业发展中的巨大事件。

我向参加这项工程的全体职工、鞍山钢铁公司全体职工和帮助鞍山建设事业的全体苏联同志致以热烈的祝贺和深切的感谢。我国人民现正团结一致,为实现我国社会主义工业化而奋斗,你们的英勇劳动就是对于这一目标的重大贡献。希望你们继续努力,学习苏联先进经验,发挥你们的智慧和力量,争取更大的成就。

这封热情洋溢的信,表达了毛泽东对鞍钢和整个钢铁战线广大职工的极大关怀和殷切期望。

钢铁工业是第一个五年计划重点建设的行业，当时，毛泽东在思考如何加快我国工业化的问题上，就很重视钢铁工业的建设，这从投资结构中可以看出。

"一五"计划国家在基本建设投资中，工业总投资占42.53%，为250.26亿元。而在工业投资中，钢铁工业的投资为37.93亿元，占工业总投资的15.16%。钢铁工业的建设成为"一五"计划时期建设的重点之一。

在东北解放时，东北的工业在战争中遭到的破坏特别严重，百废待举。鞍山、本溪、抚顺等钢铁厂全部停产，高炉、电炉冻结。

面对困难，钢铁建设者们坚决按照毛泽东和党中央的战略决策，抓住重点，先从鞍钢着手，恢复东北工业，新中国学习工业管理的工作也先从这里开始。

在当时，东北工业部处级以上干部都要深入鞍钢的工厂、矿山。从采矿、选矿、烧结、焦化、炼铁，到炼钢、轧钢等生产工序，一个一个看，一个一个听，从头到尾，向内行学习，向专家技术人员请教。

在此期间，钢铁建设者们上午实地观摩考察，下午听技术人员讲课。一边学习，一边了解情况，一边研究恢复生产的方案。

1949年7月，在毛泽东和党中央的直接关怀下，鞍钢恢复了生产。

毛泽东知道这个消息后很高兴，随即委派李富春代表党中央到鞍钢送来"为工业中国而斗争"的锦旗，表示祝贺。

与此同时，本溪、抚顺等钢铁厂也先后投入了生产。毛泽东极为重视鞍钢的恢复和改建，在他1949年12月出访莫斯科时，签订的苏联帮助中国建设的50个工程项目中，鞍钢列于榜首。

1949年底，中央派李富春同志率老解放区技术干部10人组成中国代表团，与苏方经过充分协商，于1950年3月签订了苏联与中华人民共和国《关于恢复和改建鞍钢技术援助议定书》，这是苏联斯大林时代对我国技术援助的第一个议定书。

1950年2月，毛泽东访苏回国途经沈阳时，得知鞍钢等东北钢铁企业生产的钢材已经开始运到全国各地时，非常高兴，对身边的同志连声讲道："鞍钢出了钢材，还要出人才。"

1951年12月13日，根据东北工业部的建议，李富春同志亲笔给毛泽东和周恩来写报告，请求动员全国有关方面的力量帮助鞍钢建设"三大"工程。

12月17日，毛泽东亲笔批示：

完全同意，应大力组织实行。

在毛泽东的批示精神鼓舞下，全国各地派遣了大批有经验的干部到鞍钢担任厂矿领导工作。据统计，从1949年到1953年，派到鞍钢的县级以上的领导干部就有

500余人，这些干部的到来有力地加强了鞍钢生产建设的领导。

从1952年开始，中国政府批准了东北工业部拟定的鞍钢建设计划任务书，确定鞍钢的建设规模为年产钢350万吨。

从此，鞍钢以七号高炉、无缝钢管厂、大型轧钢厂三大工程为中心，进行了全面建设。这是新中国成立后第一批大型钢铁建设项目。

当时，毛泽东不仅极为关心东北工业生产建设的恢复和发展，而且对工作进程给予密切的关注。

在创造生产新纪录运动中，鞍钢炼钢厂创造了超过当时资本主义国家水平的缩短每炉炼钢时间和炉底面积利用系数新纪录，全厂职工于1952年12月2日写信向毛泽东做了报告。

12月14日，毛泽东当即回信：

我很高兴地读了你们12月2日的来信。祝贺你们在平炉炼钢生产上的最新成就。

你们以高度的劳动热情和创造精神，在苏联专家的帮助之下，创造了超过资本主义各国水平的炼钢时间和炉底面积利用系数的新纪录。这不仅是你们的光荣，而且是我国工业化道路上的一件大事。

希望你们继续努力，为完成1953年度炼好优质钢的新任务而奋斗！

在鞍钢三大工程建设中，工人们建设激情高涨，还涌现出了一大批劳动模范，孟泰、王崇伦就是其中的佼佼者。

孟泰出生在河北省丰润县一个贫农家庭。他从童年时起，就遭受日本帝国主义和地主、资本家的蹂躏，磨炼出了工人阶级的坚强、勇敢、勤劳、俭朴的品德。

在旧社会，他在抚顺煤矿当过10年铆工，29岁到了鞍钢炼铁厂当了配管工人，一直干了21年。

中华人民共和国成立后，孟泰再次回到鞍钢。可是，鞍钢由于遭到了日本帝国主义和国民党的多次浩劫，被破坏得十分严重，要恢复生产极为困难。

当孟泰看到高炉群被破坏得千疮百孔的时候，就决心分担国家的困难，默默无声地工作起来。

在工作中，孟泰不管白天黑夜、刮风下雨，跑遍了十里厂区，刨冰雪，抠备件，扒废料堆，找材料，手碰破了不喊疼，脚冻坏了不叫苦。

就这样，孟泰每天泥一把、油一身、汗一脸，拣了成千上万个零件，建起了闻名全国的"孟泰仓库"。

起初，有些人并不理解孟泰这样的做法，奚落他是捡破烂的。冷嘲热讽丝毫没有动摇孟泰，他坚持到处拣废旧材料，终于带动了大家。炼铁厂配管班工人在他的带领下，于短短几个月的时间内，就回收了上千种材料、上万个零备件。这些零备件当时根本买不到，而要修复高炉没有它们就修不成。

在生活上，孟泰对自己要求十分严格，从不把个人利益放在心上。

工厂第一次评定工资时，工人们都主张给孟泰评一等。

此时孟泰想：国家正在建设，一分钱都很珍贵。自己少拿一点，就能给国家节余一点。所以，他坚决不要一等。

孟泰说："还是让我自己评评吧。我只要个二等就心满意足了！伪满时、国民党时，我都拿头等工资。为啥现在要二等？第一，我那时是糊弄鬼子，如今是实打实地给自己干。"

孟泰停顿了一下，说："第二，我耳也聋，眼也花，干起活来比年轻的差得多，还有个大缺点，就是没有文化……"

孟泰还没说完，工人们就哄起来了，都不同意他的意见。

孟泰一见急了，红着脸同工人们争了半天，最后把一等让给别人才算完事。

孟泰热爱党和社会主义；艰苦奋斗，勤俭节约；公而忘私，爱厂如家；不怕苦不怕死的精神，被称为"孟泰精神"，誉满全国。

王崇伦是辽宁辽阳人，中华人民共和国成立前曾在日本开办的铁厂当过学徒，日本投降后，国民党把鞍山变成一片废墟，王崇伦被迫失业。

东北解放后，王崇伦再次回到工厂。1953年，我国第一个五年计划开始执行，王崇伦所在的工厂开始制造卡动器。

卡动器是凿岩机上的零件，当时我国还不会制造，只能花外汇进口。卡动器一上马，车间机械设备不平衡的问题很快就暴露出来了。

这种零件需要先用车床车完后，再用插床插，插一个需要2.5小时，而车间里只有一台插床，因此，其他人只能在那干瞪眼，帮不上忙，更耽误了进度。

面对这种情况，高度的责任心令王崇伦坐卧不安。在此之前，王崇伦已经创造过7种新工具，这次他下定决心，要造出一种效率更高、能用刨床代替插床的工具。

决心下定后，王崇伦就开始了废寝忘食的创造。经过十几个昼夜的努力，王崇伦终于画出了草图。

于是，在领导干部和技术人员的支持下，一个由40多个零件组成的新式工具胎创造出来了。

这个工具胎不仅能用刨床代替插床工作，而且还可以使效率提高6至7倍。这就是后来闻名全国的"万能工具胎"。

"万能工具胎"投入使用后，在1953年一年就完成了4年多的工作量，王崇伦也因此被誉为"走在时间前面的人"。

"万能工具胎"的创造完成，极大地推动了工人群众技术革新的热潮，"和时间赛跑"成为当时全国工人群众行动的口号。

正是有广大鞍钢建设者的辛勤努力，鞍钢三大工程很快建设完成，并于1953年底开始投产。

鞍钢三大工程的建成，为新兴工业，如飞机、汽车、重型机械、发电设备、冶金和矿山设备、精密仪表、新式机床、塑料、无线和有线电器材的制造创造了条件。

第一架国产飞机上天

1954年7月25日,晴空万里,三二〇厂万名职工在飞机场隆重举行首架飞机制造成功典礼。

历史将会记下这天,因为它是我国航空工业史上划时代的日子。

典礼现场,临时搭建的大会主席台四周红旗招展,上面悬挂着横幅"庆祝第一架飞机制造成功大会"。

台上坐着中央二机部、航空工业局、中共江西省委、江西省政府、南昌市政府及厂领导同志,还有苏联专家组长及夫人。

庆典大会在雄壮的国歌和鞭炮声中开始,几位领导相继讲话,热烈颂扬我国自制的飞机在军旗升起之地的南昌胜利诞生。

接着,飞机开始以矫健的英姿在喧天的锣鼓声中再次升上蓝天,先后做了一个小时的飞行表演,一会儿高空翻滚,一会儿低空盘旋,那凌空气势犹如一道亮丽的风景线。

此时,二机部部长赵尔陆高举双拳,在空中挥了三圈,然后在扩音器里连说:"太棒啦!太棒啦!"

苏联专家组组长瓦西列夫在台上高兴地大声说:"飞机性能好极了!好极了!"

经历艰苦奋战的广大职工，此时更是兴高采烈，一片欢腾，许多职工动情地流下了热泪，各车间主任紧握身边工人的手，与技术人员拥抱，共享幸福喜悦，共庆重大胜利。

次日一早，人们在广播里聆听了新华社播发的《我国自制飞机成功》的重要新闻，《江西日报》和首都报纸都以头版头条登载了这一喜讯。

毛泽东闻讯，专门寄来嘉勉信，信中说：

7月26日报告闻悉，祝贺你们试制第一架雅克18型飞机成功的胜利。这在建立我国的飞机制造业和增强国防力量上都是一个良好的开端，希望你们继续努力，在苏联专家的指导下，进一步地掌握技术和提高质量，保证完成正式生产的任务。

周恩来获知南昌自制首架飞机胜利成功并通过国家鉴定后，非常高兴，也立即发来贺电，表示热烈祝贺。

8月26日，国防部长彭德怀庄重批示：

同意雅克18型飞机成批生产。

不久，全国人大常委会委员长刘少奇视察江西时，也专程深入三二〇厂，看望了苏联专家。

刘少奇对苏联专家说:"毛主席访问苏联时,斯大林送给毛主席一架伊尔 14 型飞机,那是全国第一架。现在我国工人阶级自己能够制造飞机,谱写了航空工业的灿烂乐章。谢谢你们无私的国际主义援助。"

能够自己制造飞机,一直是中共中央和全中国人民的心愿。

新中国成立伊始,百废待举。东北边境在抗美援朝期间,屡遭美帝飞机狂轰滥炸,新生的人民政权的制空权受到了挑战。

面对此种情况,毛主席果断地提出:"没有裤子穿也要办空军。"

当时,重工业部代部长兼航空工业局局长何长工,在中央财政工作会议上首先"放炮",提出尽快创建我国航空工业的构想。

毛泽东听后,高兴地说:"'何铁嘴'这一炮放得好啊!应当尽早抓起来。"

为求得社会主义阵营"老大哥"的技术援助,周恩来任命何长工为"中国赴苏联谈判代表团"团长,于 1951 年 1 月 9 日飞往莫斯科。

在何长工与苏联代表会面时,苏共中央政治局委员、外交部部长维辛斯基,先用俄语藐视地说:"搞航空、造飞机,你们没有基础。"后用英语鄙视地说:"中国现在连生产飞机轮胎都不行,还谈什么航空工业,岂不是笑话。"

何长工懂得4国外语，他铮铮铁骨，冷静面对，用俄语针对性地说："目前我国经济基础差，那是国民党反动派造成的。"

然后，他又用英语坚信地说："中国人民有毛主席领导，什么困难也难不倒。"

接着又用德语满怀信心地说："莫说将来我们会造飞机轮胎，就是原子弹也能造出。"

最后则用法语掷地有声地说道："你不肯帮助，我要向斯大林大元帅告你的状。"

维氏见何长工能娴熟地讲几种外语，说得口若悬河，有理有节，这种人才在苏联外交部都不多见，深感来者不善。他怕闹到斯大林那里去会对其不利，思忖片刻，便诚恳地表示："何长工同志，不要生气嘛，我们将认真考虑贵国的要求，尽量给予满足。"

经过18天的艰难谈判，2月19日，经斯大林和周恩来批准，中苏双方签订了《中苏航空工业技术协议（草案）》。苏方答应派遣一批专家，携带各种图纸资料来中国，帮助仿制苏联雅克18型教练机。

何长工一行回国后，中央于1951年4月17日作出《关于航空工业建设的决定》。从国外归来的专家、学者和国内工程师、技术人员纷纷集中，听候调遣。

当时，政务院考虑到，1933年国民党"围剿"中央苏区时，曾跟意大利合作，在南昌建造了飞机厂。后来国民党败逃台湾，人民解放军在南昌接管了30多台设备，4万多平方米的厂房和办公楼，以及一条1500米长的飞机跑道。

于是，政务院作出如下决定：

航空工业重心建在南昌，对内叫番号"三二〇厂"，对外交往称"洪都机械厂"；

将南京国民党留下的航空配件厂347台设备和1123吨物资运往南昌，同时将几百名熟练技工调往南昌予以合并；

在南昌工厂旁边，开办一所"江西省技术工人养成学校"，第一批招生1000人，上午学理论，下午进厂实习，以最快速度加紧培训技术人才，满足工厂急需。

三二〇厂建厂之初，主要是修理在解放战争中缴获和击落的几百架国民党飞机和在抗美援朝战争中被我军击落的400余架美军飞机。

1953年，我国拉开了第一个五年计划的帷幕，其中苏联帮助我国建设的156个工程项目之一，就是试制共和国首批10架雅克18型飞机，这个任务落在三二〇厂。

在当时的国内外形势下，全厂处于保密状态，周围拉起电网，厂里驻有百余名解放军，轮换站岗守卫，生产区与生活区完全隔离，车间之间的来往要凭介绍信进出。全厂拥有工程师、技术人员上万名，在党、政、工、团的领导下，精心组织，通力协作，严密制订各项计划与措施，掀起了让"铁鸟"早日合成的你追我赶的竞赛活动。

当时中央第二机械工业部要求三二〇厂把 1955 年实现飞机上天的计划，提前到 1954 年夏天完成。

接到要求后，全厂各车间、各部门齐心协力，分秒必争，为了"铁鸟"的早日上天献计献策，忘我工作。

当时，设计部门耗费 20 多公斤白纸，描绘出 17 个系统、1067 份图纸；车间之间开展技术交流和互助协作挑应战竞赛；各车间 24 小时分三班昼夜作业，做到人停机器不停；许多职工连续 30 多小时不下生产第一线；整机装配车间成立技术攻关小组，奋战 9 个昼夜，胜利排除了最棘手的技术难点，通过静电检验，传出了捷报：飞机可以交付飞行了。

1954 年 7 月 3 日下午，5 时 15 分，盛暑火辣的太阳开始西下，首架飞机在对外保密的状态下，进行具有划时代意义的紧张试飞。

此时，三二〇厂的飞机场上空荡荡、静悄悄，只有几个领导同志、专家组组长、设计人员坐在看台上，全厂职工都站在各自的车间、科室向外面仰天观看。

驾驶员段祥禄与刁家平披着灿烂阳光，登上自制飞机，进行起飞时的慢滑、中滑、快滑，陡然腾空而起，昂首冲入云端。

人们看见飞机伴着隆隆的声响，像一只雄鹰在蓝天盘旋，忽而迅速上升，忽而垂直俯冲，忽而翻起筋斗，一翻就是四五个，忽而打着横滚，一滚就是五六次，尤其是飞机还未改平，就进入了"失速螺旋"，连翻带滚向下直插，忽而又停止翻滚，以半圆弧线形向上拉了起来，接着轻轻摇摆几下机翼，驾驶员伸出头来向人们致意，全厂职工在不同位置报以热烈掌声。

经过由远及近的下滑，飞机准确地徐徐降落。驾驶员兴奋地说："机件性能良好，试飞一切顺利。"

在场的厂党委书记兼厂长吴继周说："新中国第一架飞机在我们厂光荣诞生了，这是震撼中外的一件大喜事。"

为了经受考验，厂部决定还要进行为期一周的试飞，并将这架飞机命名为"初教–5"。

于是从次日起至11日止，又在该厂上空秘密试飞了13个多小时，结果再次证明，飞机质量很好，完全符合设计要求。

就这样，中国的第一架飞机诞生了，从此翻开了中国航天事业发展的新篇章。

核工业建设进入新阶段

1954 年 10 月下旬，西德加入北约，引起苏联和东欧极度紧张，一些居民开始抢购面包存储备战。

随后，赫鲁晓夫成立华约组织同北约对抗，并希望中国加入。

毛泽东本着独立自主的精神拒绝了。

1955 年 5 月，毛泽东派彭德怀以观察员身份前往出席华约成立会议。

当时，苏联国防部长朱可夫提出"社会主义大家庭"的军队应统一装备以利作战，彭德怀说我军武器已远远落后于苏军现役装备水平。

苏方表示可提供现役的新装备，而且输出技术由中国自行生产。

赫鲁晓夫首次访华回国后，便开始履行承诺，于 1954 年 11 月卖给中国首批 96 架米格－17 战机，并提供全套资料，中国仿制成功命名为歼－5 战机。

从 1955 年 1 月起，苏联又陆续转交 AK－47 自动步枪、C－41 半自动步枪、捷克加列夫轻机枪等技术资料。中国仿制后命名为五六式冲锋枪、五六式半自动步枪和五六式轻机枪。

1955 年，苏联提供了现役的 T－54A 坦克及 85 毫米加农炮的样品和图纸，中国仿制后命名为五九式坦克和五六式加农炮。

随后，苏联还转让大口径火炮生产技术，凭此中国仿制成功了152毫米加农炮、100毫米高炮等武器。

中国军队的常规装备在20世纪50年代后期，又实现了一次新的飞跃，已经达到和接近了当时的世界先进水平。

此刻，世界武器发展已经进入核时代，毛泽东在赫鲁晓夫首次访华时便提出能否在这方面提供帮助。

赫鲁晓夫当时大吃一惊，说中国的全部电力都投入进去搞核武器都不够，只答应代培一些核技术人员。

1956年，东欧出现了反对苏联控制的波兰、匈牙利事件。

1957年6月，苏共党内莫洛托夫等元老又要求推翻赫鲁晓夫，赫鲁晓夫在掌握军队的朱可夫支持下打倒了多数中央主席团成员，却未摆脱内外交困的处境。

鉴于赫鲁晓夫在政治上有求于中国，7月18日聂荣臻提出，应利用这一机会交涉核技术援助，周恩来请示毛泽东后马上作出安排。

赫鲁晓夫不顾军方坚决反对，决定向中国提供原子弹生产技术，帮助建立核工厂。

1957年7月20日，苏联驻华总顾问阿尔希波夫代表政府作出同意答复。而作为政治交换条件，毛泽东必须访苏，对赫鲁晓夫表示支持。

1957年9月7日，一架苏制伊尔-18专机从北京西郊机场起飞。

以聂荣臻为团长，陈赓、宋任穷为副团长的中国政府工业代表团飞往苏联。

代表团成员有李强、刘杰、万毅、刘寅、王诤、张连奎、钱学森等，还聘请了二十几名火箭、原子能、飞机、电子等方面的专家，就新技术援助问题同苏方进行谈判。

国防部五院成立后，中国军事技术力量不足，只有争取苏联技术援助，以减少工作中的弯路。

1957年7月，苏联领导人对于向中国提供新技术援助的态度有了回应，同意中国派遣政府代表团去苏联进行具体谈判。当时，聂荣臻领导国防新技术的开发工作，很需要陈赓这样在军内外都很有影响，并对开发新技术不畏艰险、满腔热情的高级军事领导人。

聂荣臻很欣赏陈赓的为人，在中共中央明确由他率领中国政府工业代表团赴苏联谈判时，聂荣臻建议，代表团的两位副团长由陈赓和主管原子能方面的宋任穷担任，整个班子很精干。

1957年9月7日，莫斯科时间6时，代表团的专机到达莫斯科。

苏联部长会议第一副主席别尔乌辛与中国驻苏大使刘晓到机场欢迎中国政府代表团的到来。

飞机徐徐停稳后，机舱门打开了。

聂荣臻、陈赓、宋任穷等站在舷梯上挥着手，疾步走下舷梯。

别尔乌辛及其他迎接人员走上前去，与聂荣臻握手、拥抱。

聂荣臻在与别尔乌辛拥抱时，感到一种俄罗斯式的温暖和热烈。这似乎是此行的一个好兆头。

这次中国就引进原子能技术、导弹、飞机等问题，与苏联举行谈判。

在整个谈判过程中，苏联方面总的来说还是友好和善意的。

别尔乌辛甚至对聂荣臻说，有些项目你们提出的型号、性能已经落后了，可以提出更新一些的型号。但有的技术项目也有保留，不是只给资料，就是只给样品。

谈判从9月9日开始，10月15日签订协定，共进行了35天。

在这段时间里，中苏两国代表团人员围绕新技术问题进行了广泛、深入的谈判。

中方已经估计到谈判的进展十分曲折，苏方不会无保留地把一切新技术都交给中国，聂荣臻和陈赓等对此是有思想准备的。

在谈判过程中，代表团内部出现分歧。一种意见是，将火箭、导弹和飞机的研究工作都统一在同一研究机构内，而重点放在研究火箭、无人驾驶飞机和控制方面；另一种意见主张飞机研究仍然保持单独系统，即使合并在火箭研究机构里，第二个五年计划期间也应开展飞机和发动机研究工作。

代表团经过反复讨论认为，苏美飞机和导弹的发展史，是他们走的一条成功的道路，但他们有他们的历史条件和具体情况，不宜照搬。

中国应根据自己的情况，按照中央提出走自己的路的方针，迎头赶上。以火箭、导弹为主，飞机和其他装备的仿制、研制同时进行。

火箭、导弹的研制在人力、物力、财力上肯定会遇到重重困难，但决心不能动摇，否则，将长期落后并受制于人。

中国家底薄，人才匮乏，不能两全，只能选择主攻方向。

陈赓和聂荣臻、宋任穷的意见一致，坚决支持重点上导弹，其次是飞机，要继续仿制。

他们的意见得到代表团多数人员的赞同。

代表团中心组及时将这一分歧意见报到中央和中央军委，中央和中央军委批准火箭、导弹是重点的主张。这一决策非常重要，为中国研制"两弹"争取了时间。

钱学森作为聂荣臻的科学技术顾问，同苏方的专家进行了认真仔细的讨论。

谈判期间，中国代表团还参观了苏联科学院的有关研究所和导弹研制机构。

苏方还邀请钱学森在苏联科学院做了学术报告。

经过20多天的谈判，9月底，中苏双方终于达成协定草案。中苏双方经协商起草《关于生产新式武器和军事技术装备以及在中国建立综合性的原子能工业的协定》，简称《中苏国防新技术协定》。

聂荣臻和陈赓、宋任穷看了草拟的协定，心头上的一块石头才落了地。聂荣臻派人立即把草案送回北京，交给周恩来，等待中共中央、毛泽东的审批。

紧张的谈判暂时休会，大家终于可以休息一下了。

苏联政府安排中国代表团沿着伏尔加河游览参观。

正值10月，这是领略俄罗斯迷人秋色的最好时节。

毛泽东、周恩来对这个草案表示满意。很快，回国的人把草案和修改意见带回莫斯科。苏联方面上送的草案也得到批准。

1957年10月15日，签字仪式在苏联国防部大楼举行。

俄罗斯式的高大建筑富丽堂皇，大厅天花板垂下的形状各异的巨型吊灯齐放光彩。

出席签字仪式的中苏两国代表们，个个表现得都很轻松，彼此微笑，热烈握手祝贺。

聂荣臻同苏联部长会议第一副主席别尔乌辛，分别代表本国政府在协定上签字。协定规定：在1957年至1961年底，苏联将供应中国几种导弹样品和有关技术资料，派遣技术专家帮助中国进行仿制；苏联还将向中国提供原子弹教学模型及有关资料；增加接收中国火箭技术及原子能专业留学生的名额。

根据这个《中苏国防新技术协定》内容要求，中苏双方各有关部门，还相应签订具体项目合同。

有关火箭、原子弹的试验靶场、原子弹储存库等建设的合同，则是由陈赓同苏军副总参谋长安东诺夫大将签署的。

1957年10月，中苏签订《中苏国防新技术协定》后，毛泽东同意访苏，并参加了"十月革命"40周年庆典，表态拥护苏联在社会主义阵营中的"老大哥"地位。

从1957年末起，苏联开始履行协议，对华提供P-2导弹作为中国导弹事业起步的最早样品。

第二年，苏联又向中国提供所需核工业设备，并派出近1000名专家，建成了湖南和江西的铀矿、包头核燃料棒工厂及酒泉研制基地、新疆的核试验场。

至此，中国正式进入了核工业建设和研制核武器的新阶段。

第一机床厂改建成功

1955年12月29日，改建完成的沈阳第一机床厂隆重举行了开工生产典礼大会。

在庆典大会上，第一机械工业部副部长黎玉在会上讲话说：

> 沈阳第一机床厂是我国第一座新型的工作母机制造厂……1956年是我们完成五年计划关键性的一年，沈阳第一机床厂在这一年将担负重大的生产任务，这对争取提前完成五年计划将会起到重要的作用。

接着，苏联驻沈阳领事馆代总领事巴斯曼诺夫、苏联对外经济联络局代表波伯洛夫和沈阳第一机床厂苏联专家组组长库拉金在会上先后讲话。

他们对中国建成这座现代化的机床厂表示祝贺，并且预祝工厂工作人员今后获得新的劳动成就。

然后，黎玉在会上代表第一机械工业部赠给驻厂苏联专家以建厂纪念章。沈阳第一机床厂全体职工向苏联专家赠送了感谢信。

最后，大会宣读了向毛泽东的致敬电。

1953年春天，沈阳第一机床厂开始改建、扩建。

沈阳第一机床厂将扩充成为具有高度生产能力的工作母机制造厂，扩建工程紧张进行。

扩建工程将使全厂起一个根本变化：在生产上，从碎铁、铸造到加工、装配，都将由手工业和半手工业操作走上机械化自动化生产，并全部形成流水作业；在运输上，从材料入厂一直到成品出厂，都将用汽车、电车、吊车、运输带、滚轴带等机械搬运设备。

工人的劳动条件也将大大改善。每个车间都设有更衣室、淋浴室、水洗厕所等设施。通风、取暖设备也很好，可使车间经常保持空气清新，温度适宜。扩建工程全部完成后，全厂的生产能力将提高数倍，这些增加的产量，如果用建设新工厂的办法去取得，至少需要五年时间，而且投资很大。

现在在原有基础上进行扩建，只需两年到三年的时间就行了，而且最少比建设新厂节省一半投资。

沈阳第一车床厂开工以来，苏联先后派遣了几十位工程专家，具体帮助设计和施工。

苏联政府对沈阳第一机床厂不仅提供了最先进的设计和最新型的设备，而且派出了三批专家，具体指导建设工作。

在设计与施工过程中，苏联专家提出许多保证工程质量的建议，把工厂原有陈旧的厂房改建成为坚固的新型厂房，各种设备的安装也很精密。

施工紧张的时候，苏联专家常常星期天也不休息。一个名叫鲍良阔夫的苏联专家，为了亲自指导建筑工程施工，自1953年到中国后，已经连续被延聘了三次。

鲍良阔夫激动地说："我一定等工厂建设起来后再回国。"

1954年2月28日，改建后的沈阳第一机床厂工具车间正式投入生产。工具车间是该厂全部改建工程的一部分。

一年以前，工具车间是一个设备落后、生产能力很低的车间，不能制造精密工具，赶不上生产发展的要求。经过一年来的厂房改建，安装了来自苏联和东欧人民民主国家的高效能新式机床，工具车间的情况已经完全改变。

有了这些现代化设备，工具车间制造精密工具的生产能力比过去提高了两倍以上。

此外，重新安装了照明设备和通风采暖设备，从根本上改善了作业环境。工具车间楼上楼下两层，以前楼上的机床开动时，下面便感到震动；改建后，楼上的机器也像安装在平地上一样，开动起来再也不会感到震动，而且有电梯上下联系。

在工具车间的改建中，从改建场房到安装机器，苏联专家都做了系统的指导。主梁的加固是改建工程的一项极其艰巨的工作，由于苏联专家布列阔夫亲自在现场指导施工，提出了加固办法，保证了改建工程的提前完工。

为了掌握新的机器，工人们事先已由训练班里学到关于这些自动和半自动机床的知识与操作技术。

先进生产者杨连业一到新工具车间，便使用了高速切削。老工人殷述仁说："新车间的落成鼓舞着我们加倍努力，来创造幸福的生活。"

女徒工沈丽容来到新工具车间之后，每天都提前上班擦洗机器，并把大家共同使用的砂轮机也刷得干干净净，不让它沾上油污。新工具车间的投入生产，壮大了第一机床厂的生产能力，制造出了更多更好的新式车床，供应祖国的工业建设。

1954年，沈阳第一机床厂改建工程中的土木建筑工程已接近完工，便积极开始进行生产新型机床的准备工作。

当时，很多工人都没有见过新型机床，更别谈生产机床了。

与此同时，沈阳市的103个工厂、1.16万多名工人，参加各种业余的学习组织学习技术。许多工厂举办了技工训练班、艺徒学校、工种训练班、推广先进经验训练班、识图班和技术研究会和技术讲座，组织工人学习技术。

在此背景下，为了使工人了解如何进行新型机床生产，沈阳第一机床厂积极组织工人参加培训班，学习掌握各种现代化的机器设备；组织广大管理干部、技术干部，热心地学习社会主义企业的生产技术管理方法。

到 1954 年 8 月为止，该厂已派出数十名技术人员和技术工人分赴抚顺、本溪、上海、哈尔滨等处的钢铁厂、机械厂和科学研究机关去学习技术。

与此同时，上级机关也为该厂派来一批大学和中等技术学校的毕业生，参加生产准备工作。

通过学习，很多工人在技术、文化等多方面都获得了很大的提高。老工人汪英怀过去只会看图纸，说不出道理来。经过学习，汪英怀不仅能制简单的图，还能给厂外实习生讲解。

通过学习，第一车床厂进展迅速。

1955 年 6 月 10 日，《人民日报》郑重宣布：

> 正在改建中的规模巨大的工作母机制造厂——沈阳第一机床厂，已经有 8 个主要车间投入生产。人们盼望已久的一种新产品万能车床已经由这个厂试制成功。
>
> 从 5 月 31 日 15 时起，新制成的万能车床进行了重切削和精密切削试验。经过 7 天试车，情况良好。这种新产品不久将开始大量生产。
>
> 这种车床是目前精密度和效能最高的一种工作母机。它的用途很广，可以车削平面、圆面、斜面、螺丝、内径和钻孔等，并能达到很高的精密度和光泽度。

就这样，在苏联专家的真诚帮助下，在建设者的一致努力下，很快，中国第一座新型的工作母机制造厂沈阳第一机床厂改建工程全部完工。

验收的签字仪式在 1955 年 12 月 28 日下午举行。

国务院任命的验收委员会评定这个厂是工程质量"优"等的机床制造厂。

验收委员会主任委员、第一机械工业部副部长黎玉在签字仪式上说："这座新型的工作母机厂的建设能获得优良的成绩，没有苏联专家帮助是不可能的。"

当时，有的委员提议把苏联专家的热情鲜明地写到工程质量鉴定书上去，这个建议得到了验收委员会的赞同。

沈阳第一机床厂扩建工程完工后，每年将生产数千台精密的、高速度的机床。

为了从根本上保证产品质量，随时根据国家需要来试制新产品，厂内还有自己的中央化验室、中央测量室、工艺试验室和试造液压车间等科学研究机构。

从来都是笨重的手工劳动的铸造车间，在这里，从制砂、熔化、造型到搬运，完全是机械化。

全厂还有 1 万多平方米的绿化区，整个工厂像是一座花卉点缀的劳动公园。

先进的技术资料，流水的工艺规程和生产组织，头等的机器设备，优越的劳动条件，使沈阳第一机床厂成为一座效率极高的可以大批、成批、单个生产的多品种的工作母机制造厂。

这个厂达到设计水平以后,生产能力将比改建前的1953年至少提高6倍以上。它不但可以生产速度快、能力强、用途广、精密度高的各种规格的中型车床,还可生产我国国民经济各部门迫切需要的特殊机床,全厂每年生产的工作母机,可装备好几座同样规模的巨型工厂。

新中国第一辆汽车下线

1956年7月13日,在长春第一汽车厂崭新的总装线上,第一辆解放牌汽车被装配出来。

7月14日,第一批12辆国产汽车在欢声笑语和雷鸣般的掌声中徐徐驶出装配线。

这标志着第一汽车制造厂的三年建厂目标如期达到,也标志着从此结束了中国不能制造汽车的历史。

这是一项具有历史意义的壮举,辛苦了三年的一汽建设者们沸腾起来了!

7月14日上午,一汽在汽车工人俱乐部举行了庆祝建厂三周年和先进生产者代表大会。

庆祝会后,400多名劳模、先进工作者等,坐上新装配成功的解放牌汽车,组成报捷车队,与一汽全厂职工见面,驱车向省、市委报喜。

第一辆汽车降生的时候,它那清脆的喇叭声,震动了成千上万名创业者的心灵。人们奔走相告,争先恐后去观看我们自己制造的第一辆汽车。

能够自己制造汽车,一直是党中央及全国人民的心愿,也牵动着全国人民的心。

1950年12月,毛泽东访问苏联,中苏双方商定,由苏联全面援助中国建设第一个载重汽车厂。

经过调查研究和多个方案对比，中共中央和中央人民政府决定，把第一汽车制造厂的厂址设在吉林省长春市郊。

1953年6月下旬，周恩来向毛泽东报告了一汽即将动工兴建的消息，并请毛泽东为汽车厂奠基题词。

毛泽东高兴地挥毫写下了：

第一汽车制造厂奠基纪念

毛泽东还说：

我们不仅要有第一，还要有第二、第三。

7月初，第一机械工业部汽车局派人将装有毛泽东题词的密件送到汽车厂。

当时，厂长饶斌不在厂，密件交给副厂长郭力的秘书刘培善。刘培善拆开标有"中央办公厅"的密件，眼前一亮：是毛主席的题词！郭力副厂长从工地赶回来，仔细地看了一遍又一遍，高兴得眼角眉梢都在笑，不住嘴地说："来了，终于来了。"

郭力立刻通知有关人员，选最好的汉白玉，请最好的石工镌刻毛泽东的题词。当时长春市技艺最好的石匠被邀请来完成这项工作。

1953年7月15日的早晨，灿烂的朝霞映照着长春市一汽建设工地。

9时整，奠基典礼开始。后来担任国务院副总理的李岚清等多名青年党员把奠基石抬进会场时，鼓乐齐奏，鞭炮齐鸣。

从此，一汽开始了三年建成中国第一座汽车厂的会战。

在一汽建设过程中，各个生产车间都是加班加点，唯恐三年建成的计划被本车间拉了后腿。

1953年末，一汽铸造线上的工人个个都心急如火，天天盼望着设计资料赶快到来。

原来，汽车厂从破土动工那天算起，根据"三年建成"的指示，就确定了1956年7月15日将成为建厂完成、祖国开始生产汽车的庄严日子。全国支援，三年建成第一汽车厂，这是党对所有参加建厂的人员以及全国一切有支援任务的各部门的神圣号召。

可是，作为汽车生产第一道工序的铸造车间的设计资料，却由于设计复杂延迟了半年多，于是铸造车间的工人都担心："决不能让三年建厂的列车，在我们这一站误点！"

到1953年年底，设计资料终于陆续到来。

从1954年开始动工，时间更短促了。于是，苏方提出为了保证三年建成投产，第一批生产汽车的铸件由苏联供应毛坯。

这一消息使所有铸造线上的职工心情再也不能平静：

我们辛辛苦苦建设的第一汽车厂怎么能用别国的铸件呢！

大家纷纷向领导请战，决心提前建成铸造车间，使祖国生产的第一批汽车就能装用自己的铸件。

一汽领导当场表示同意，并大力支持这个意见。

战斗就这样开始了。铸造车间的职工们个个积极奋斗，谁的任务不能按计划完成，就自觉地加班，甚至连轴转，不干完不下火线。

就这样奋战了一年，到1954年冬季，所有庞大的地下工程以及密如丛林的水泥立柱都顺利地建立起来了。

可是，东北冬季严寒，占地12万平方米的地下工程必须立即填土养护。更严重的是，按照常规，冬季必须停止施工。

面对这种情况，承担土建任务的解放军工程兵冒着零下二三十度的严寒，采取分批预热的办法继续施工。

他们把人员分为两批，一半人干活儿，一半人在工棚取暖，半小时一轮换。就是这种不畏艰苦的英勇气概，克服了重重困难，保证了土建计划的完成。

到1955年初春，设备、安装、工艺等资料才陆续到齐了。就在安排详细规划时，大家才猛然发觉，由于冷加工还要有一定的调整加工装配时间，要使祖国生产的第一批汽车用上自己的铸件，铸工车间的生产必须比7月15日再提前两三个月，这样，铸造车间的建成时间连两年半也不到了。

在此情况下，铸造车间的职工并没有退却，而是互相激励，要再加一把力，把工作做得更细致，更快，更好。

其实，一汽建设的铸工车间实际是一个大型铸造厂。厂房总面积2.56万平方米，设备589台，设计年产铸件324万吨，熔炼灰口铸铁、可锻铸铁等3种牌号铁水，生产缸体缸盖、后桥壳等所有重要铸件。

这个厂的厂房高达13米，分为3层，地下还有6米深的配砂系统。各种动能、通风管道、滑道、悬链、皮带纵横交错，加上各种冷热加工设备，整个车间构成了一个非常复杂的系统。

为了抢时间，安装工作必须在土建完工前就交叉进行，而且还须从地下到高空多层次地作业，这就增加了现场计划调度管理的复杂性。

为此，各单位的调度人员每天都提前两小时上班，大家在一起详细检查和周密安排一天的工作。

在当时，就连现场作为通道的十多座便桥都要规定在哪段时间内归哪个单位行驶，像铁路行车一样严格执行。

交叉施工最怕发生图纸差错，年轻的技术人员就分工负责，认真地进行各种图纸的综合核对，并保证自己复核的部分绝不出差错，以免造成返工。

有的同志由于担心已到货的设备尺寸与基础设计可能不相符，便撬开木箱钻到箱内详细地丈量复核，保证准确无误。

正是这大量看似平凡实则相当艰苦的准备工作，确保了工程进度，终于使铸工车间在冷加工调试装配之前，具备了开炉试生产的条件。

从 1955 年夏季到 1956 年初春，这几百个战斗的日日夜夜使铸造车间的职工难以忘怀。

1956 年初，厂领导决定铸造车间在 3 月 26 日开炉试生产。

胜利在望了，大家斗志更加高昂。

这时，在厂部的领导下，各兄弟车间、职能处室都纷纷伸出援手，铸造车间缺什么给什么，有的单位还把骨干力量派来参战。

全厂全面协同奋勇战斗，经过了一个冬天的奋力拼搏，1956 年 3 月 25 日晚，灰铸铁的全部设备安装胜利完成，顺利地进行了空运转试车。

正当大家笑逐颜开，准备连夜再进行一次带负荷试生产以迎接开炉生产的时刻，突然，所有造型机上的砂斗闸门都打不开了。

砂子进不了造型机，大家焦急起来了，纷纷从四面八方聚拢过来，相对愁闷无言。

看来是砂斗闸门启闭汽缸设计太小了。可是，再设计制造新的怎么也来不及了。

大家默立着，谁也不回家。

已是 26 日凌晨了，突然一个年轻机修组长小声地说道："开炉试生产用不着开几台碾砂机，看来开一台就足够了。是否可以把另外几台碾砂机上的砂斗汽缸拆借过来。"

大家听了，齐声高喊："对，就这么干！"

于是，大家立即行动，拆的拆，装的装，战斗到 26 日中午，负荷试车终于成功了，出了第一炉铁水。

15 时，厂领导亲临现场庆贺铸造车间如期开炉试生产。

当第二天大家都来上班时，虽然都面带胜利的喜悦，可又都悄然无声。

原来由于过度疲劳，大家连说话的声音都嘶哑了，有的人甚至发不出声音来。紧接着，4 月 20 日，铸工车间又生产出第一炉可锻铁水。

1956 年 4 月，党中央在北京隆重召开政治局扩大会议。

在会上讨论《论十大关系》时，毛泽东说："哪一天开会的时候，能坐上自己生产的轿车就好了！"

毛泽东的一句话能激起一汽建设者百倍的热情和干劲儿。各车间建设高潮再次涌现。

紧接着，各车间的喜报相继传来。下面是一份当时的记录：

4 月 2 日，底盘车间开始按日产 48 辆进行流水生产。

4 月 13 日，锻工车间锻造出第一批曲轴。

4月23日，附件车间生产出第一批合格水箱。

4月29日，发动机车间试装出第一台发动机带变速箱总成。

6月21日，弹簧车间以临时的弯曲淬火机代替淬火机，生产出合格的钢板弹簧总成。

6月28日，冲压车间利用苏联提供的大梁毛坯装出第一批车架总成。

7月10日，冲压车间6台大压床调试成功，生产出第一个驾驶室总成。

7月12日，各种零部件和外协件全部准备就绪。

各个车间的顺利完工，为第一辆汽车的下线提供了有力的保障。

7月，汽车后桥、汽缸体等第一批铸件相继浇注成功。

第一炉铁水的出炉，标志着铸工车间已胜利建成投产，为三年建成汽车厂打胜了一个前哨战。

在一汽建设过程中，广大青年发挥了重要的作用，他们年轻，充满活力，善于学习和钻研。

职工们积极投身社会主义劳动竞赛，涌现出了大批先进工作者、各种岗位的先进标兵以及社会主义建设的青年积极分子。

同时，大家还发扬首创精神，开动脑筋，出谋献策，提合理化建议，解决生产、技术上的关键问题，仅1956年下半年，全厂被采纳的合理化建议就有7000多件，被推广的有300多件。

汽车驾驶室坐垫和靠背上的油布，协作厂每试制一批就要送到某车间去试验鉴定，经过室内试验和装在汽车上使用试验，负责这项工作的技术员沈惠敏深入运输车间车队，观察使用情况，并和司机座谈。

经过刻苦钻研，沈惠敏终于创造出漆布折叠弯曲试验法，大大缩短了试验周期。1956年，沈惠敏被国务院授予全国先进生产者称号。

汽车后桥专业组长、青年设计师王祎垂提出将汽车后桥轴套管改短，使每个后桥外壳减轻了25公斤至30公斤，每年可为国家节约17万至21万元财富。

设计员刘经传把出国实习时节约下来的钱买的300多本汽车技术书籍拿到设计室，供大家参阅。

年轻的设计人员于1957年初便开始解放牌改进型汽车CA-11的开发工作和消除CA-10型汽车驾驶室闷热、水箱开锅、转向沉重等缺点的工作。

工程大楼更是呈现出一派紧张忙碌的景象。

一汽的青年们不仅是生产技术工作的生力军，在其他各种活动中，都发挥了突击尖兵的作用。

在第一个五年计划时期，第一汽车制造厂完成基本建设投资6.2亿元，基本建设竣工面积75万平方米，工业建筑41.1万平方米，宿舍39.9万平方米，安装了2万台机器设备，铺设了30多公里长的铁路和8万多米长的管道，制造了上万套工艺装备。

1956年7月13日，在汽车厂建厂三周年的前两天，被毛泽东命名为"解放"牌的第一辆国产汽车试制成功。

1956年10月15日，长春第一汽车制造厂正式建成移交，开始了大批量生产。

不久，"东风"牌小轿车也开进了中南海，向中共八大二次会议献礼。

毛泽东主席仔细观看了"东风"牌小轿车，并和林伯渠一起乘坐这辆轿车，在怀仁堂后花园里绕行两周。毛泽东下车后，高兴地对代表们说："坐上我们自己的小汽车了！"

从此，中国不能制造汽车的历史结束了，我们自己的汽车源源不断地从这里开了出去。

首个天然石油基地建成

1957年10月8日,新华社从兰州发出电讯,向全国庄严宣告:

> 中国第一个天然石油基地——玉门油矿扩建工程基本完成,成为拥有地质勘探、钻井、采油、炼油、机械修配、油田建设和石油科研等部门的大型石油联合企业。

玉门油矿职工在第一个五年计划期间,取得了显著的成绩。地质储量、钻井进尺、原油产量、工业总产值等分别增长2至5倍。

经过8年的建设,玉门油矿在地质勘探、钻井工程、油田开发、原有加工、发电能力、机械制造、职工文化设施建设等诸多方面都取得了巨大成就。

1939年,玉门正式投产出油。1949年9月25日,玉门油矿迎来解放,经过三年恢复后,适逢第一个五年计划开始执行。于是,玉门就开始了大规模的建设。

1953年,国家第一个五年计划开始时,中央在对燃料工业的指示中明确指出:

必须把地质勘探工作提到首要地位，必须采取一切有效办法，迅速加强地质勘探力量，并做好基本建设工作。

1952年8月，为了促进石油工业的发展，毛泽东果断批准中国人民解放军第十九军第五十七师近8000人全部改编为中国人民解放军石油工程第一师，从此掀起了玉门油田大会战的序幕。

为了做好对河西走廊的石油勘探工作，玉门矿务局组织30多个地质勘探队，在将近20万平方公里的辽阔国土上，展开了普查、详查、细测工作。

1955年，地质大队改组为地质调查处以后，进一步扩大了勘探新工艺技术的应用领域和研究，大大提高了勘探质量和工作效率，不断获得大地构造的新信息，扩大了勘探工作的视野，为完成第一个五年计划规定的任务和建设第一个石油基地发挥了"先行官"的作用。

在30多个地质勘测队中，还有新中国的第一支女子测量队，由清一色的年轻姑娘组成，也是30多个勘探队中平均年龄最小的一个队。

32个队员，平均年龄不到20岁，大都是1953年从北京、南京、上海、温州、成都等城市招收的中学生，经西安石油工业学校培训，掌握了测量基础知识。

她们组成女子测量队后，首先投入嘉峪关以北的合黎山、大红圈一带的地质测量工作，开始了"我为祖国找石油"的生活。

为了克服测量工作中的种种困难，她们组织起技术研究会，在大队测量工程师的指导下，边学边做，在实践中创造出了"3点圆圈跑尺法"，改变了"跑尺子"的混乱状态。

经过女子队员的一致努力，女子测量队从每天只能测30多个地形点提高到170多个，从一天做不好一个交绘点提高到每20分钟就能做好一个交绘点，从一天测面积2平方公里提高到7.2平方公里。

就这样，女子测量队成了石油行业远近闻名的模范队。

当时，玉门建设者劳动激情高涨。接到玉门石油总局决定让玉门矿务局钻探的命令后，钻井队工人以空前高涨的积极性投入油田开发。

沉睡千年的石油沟被惊醒，四面环山的一片开阔的土地上立起座座钻塔。

当时，负责钻井的各个钻井队队员劳动激情高涨。

王登学钻井队便是其中之一，在安全顺利完成石-4井后，王登学钻井队顾不上休息，就连忙开始往石-3矿井搬家。

在拆卸设备前，王登学队长就和各班钻工们讨论，订出了分工作业计划。全队人员集中拆卸，拆完以后，一部分人搬运机器，一部分人进行安装，只用一天时间就把石-4井的设备全部拆完。

在拆卸工作中每个人都很细心，从拆卸到石-3井安装完毕，共7天时间就完成了过去要10天甚至半个月才能完成的搬迁安装任务。

1953年6月22日，王登学钻井队在石-2井又创造了日进尺138.43米的全国纪录。

1954年5月，正当石油沟油田钻探开发时，钻探人员在酒西盆地北部鼻状构造带上，对白杨河地区开始了预探。

为了及早探明白杨河构造储油的可能性，酒泉钻探处根据"集中钻探"的原则，先后开钻了多口探井。

5月5日开钻的白杨河探区第一口探井，经过7个月的钻井施工，于11月初在钻进过程中发现油迹，完钻后试出工业油流，日产原油2.3吨。

收到喜讯后，矿务局立即决定再上三部钻机。

一批批设备器材运往白杨河探区，一座座帆布帐篷拔地而起，开发白杨河油田的喜讯一个接着一个：张固鼎钻井队创造月进尺1065.5米的全国纪录；王化兰钻井队创白杨河地区日进尺372.2米的全国纪录。

王进喜就是这个时候从这个地方开始脱颖而出的。王进喜，1923年出生于玉门县赤金堡村一个贫农家庭，是一个在石油河畔长大的石油娃。

旧社会，王进喜在矿场当小工。中华人民共和国成立后，油田回到了人民的怀抱，王进喜成了一名钻井工人。和大多数当家做了主人的工人一样，王进喜有一股子使不完的劲儿。他刻苦学习，勤奋工作，是全国著名劳动模范郭孟和的学徒。

在白杨河，王进喜和他的贝乌5队创造了钻机整体搬家的经验，又于1958年9月率领他的钻井队创造了月钻5口井、进尺5000米的中型钻机全国最高纪录。

同时，王进喜还摸索出一套优质快速打井的经验，先后被授予"卫星钻井队""钢铁钻井队"的光荣称号。

后来，王进喜作为石油工业战线的劳模代表，出席了全国群英会。

1956年，这一年是具有重要意义的一年。

这一年，玉门油矿发展最快，变化最大，各方面都取得了前所未有的成就。

1956年，国家对玉门油矿的基本建设投资相当于1950年的61倍。

上万名地质人员，在祁连山、戈壁滩与严寒、风沙进行了艰苦搏斗。全年打井进尺22.8万米，相当于1949至1955年进尺的总和。

由于采用了注水注气、油层压裂等最新的开采方法，改善了油田开采的形势，完成了原油计划的102%，年产量超过中华人民共和国成立前10年的总和。

同时，各种炼油指标也都超额完成，试制成功了16种新产品。

全矿生产总值比计划超过17%，总成本比计划降低10%，为国家增产节约了1000万余元。

作为"一五"计划中全国第一个天然石油基地建设，玉门油田在建设过程中得到了全国人民的大力支持。

1954年12月，《石油工人报》报道：

全国各地工业部门不断地以国产机器和工业器材支援玉门油矿，加速了基地建设。如果把今年到矿的各种器材的吨数加到一块儿，可以装满400节火车皮，用载重5吨的大道奇汽车，需要2200辆。

这些器材中，除生产急需的设备、物资，还有钻探和地质人员在深山旷野中生活的必需品，如帆布帐篷、活动桌椅、行军床、水罐车，以及专供钻探工地使用携带方便的工作母机、柴油发电机……

1956年，中国第一汽车制造厂的第一批解放牌汽车，经过几千里路程，于1956年11月29日17时到达玉门油矿。

随着石油勘探面积的扩大，钻井急需的无缝钢管、钻机配件和特种链条，一直供不应求，时时影响着钻井进尺。

为此，上海大隆机器厂专门成立了一个链条车间，组织精兵强将为玉门生产链条。

鞍山无缝钢管厂组织技术人员攻关，解决了生产中的技术问题，保证了石油工业无缝钢管的大量供应。

沈阳水泵厂为玉门制造的离心泵、上海汽轮机器厂制造的柴油机、南京机床厂和上海人民铁工厂制造的车床和工字弯头，数量之多，规格之高，都是前所未有的。

在这一时期，全国各地为玉门油矿制造机器、配件的工厂有140多家。

甘肃省工业部门更是倾全力支援玉门油矿开发建设，为玉门制造了大批设备和配件。

炼油厂建设急需一批循环水泵配件及扩建裂炼厂工程的高压管子接头，知道情况后，兰州通用机器厂厂长和工程师亲赴玉门了解设备性能，回厂后立即组织人力加工赶制。他们还说："只要玉门油矿生产需要，任务再艰巨我们也要尽力设法解决。"

很快，这批配件不失时机地运到炼油厂扩建工地，保证了工程按时完成。

酒泉地区也把支援玉门油矿作为头等大事，从各县抽调数千民工参加油田的基本建设，在荒凉的戈壁滩上修公路，平井场，盖厂房。

仅1954年，酒泉地区的农民兄弟供应了油矿各种蔬菜367.5万公斤，猪1400多头，羊6400多只，棉花2.5万多公斤。

1955年春节，是玉门油矿开发以来给人们留下的第一个难以忘却的传统佳节。

因为，在这个春节上，石油工人的餐桌上第一次出现了鲤鱼、黄鱼、对虾、火腿、香肠等高档副食品。这是上海、广东、四川、西安、兰州、武威、张掖、酒泉等地政府和人民专门为建设新中国第一个天然石油基地的人们运送来的。

这在当时国家还比较困难、农副产品和副食品都比较紧缺的情况下，是十分难能可贵的。

为了鼓励石油建设者的激情，甘肃的永昌县和敦煌县的人民还给玉门石油工人写来了数千封慰问信，赞扬油矿职工在戈壁滩上开发油田的艰苦奋斗精神，希望早日把石油基地建设成功。

与此同时，新中国第一个石油基地的建设，吸引了一大批作家、艺术家的关注和极大兴趣。

作家、文艺理论家冯至曾率领由钟敬文、朱光潜、张恨水、牧原、李红、孙福熙、周怀、陶一清、周元亮、张文科等一批作家、艺术家组成的参观团到油田参观。

石油工人尊敬的诗人李季，亲自参加了石油基地的建设，担任过玉门矿务局党委宣传部部长兼石油工人报报社社长。

他创作了著名的《玉门诗抄》，其中《我们的油矿》《最高的奖赏》等诗篇脍炙人口，被人们称颂，并由此开创了中国石油文学的先河。

著名作家李若冰担任地质大队副大队长，深入石油勘探一线，他以"沙驼铃"的笔名发表作品，至今人们还记得"沙大队长"。

中央新闻电影制片厂在1956年用5个月时间，摄制完成了《建设石油基地的人们》的新闻纪录片，在全国上映，宣传石油工业建设成就，吸引了一大批有志青年，献身祖国的石油事业。

1956年6月，在石油基地建设最紧张也是最关键的时刻，中央派出慰问团，不远千里从首都北京来到高寒山区和荒凉的戈壁滩上，带来了党中央和国务院对石油工人的关怀。

1957年4月6日，在天然石油基地建设取得重大胜利的时刻，中共中央总书记邓小平视察了玉门油矿。

邓小平在视察了鸭儿峡、老君庙油田及炼油厂的建设情况后，当晚在油田干部会议上发表讲话，鼓励全矿职工生产又多又好的石油，支援国家建设。

邓小平对全体职工艰苦奋斗、自力更生精神的鼓励，大大激发了石油工人建设社会主义的热情。

在中央和全国人民的支持下，玉门建设者以极大的热情投入生产，很快新中国第一个石油基地建成了！

● 基础工业蓬勃发展

大型化学工业基地建成

1957年10月25日,吉林化工区的人们个个喜气洋洋,整个化工区到处锣鼓喧天,彩旗飘扬。

这一天,吉林"三大化"正式投产。

历时两年半的吉林化工区终于建成了,在庆祝大会上,奋战在建设一线的来自全国各地的3万多名职工流下了激动的泪水。

这一天,《人民日报》对此发表了社论《我们要建设强大的化学工业》。社论说:

> 我国的化学工业由此向前迈进了一步。吉林化工区的建成,将会使第二个五年计划期间我国化学工业的面貌改观。

这一天,当新中国第一桶萘酚染料走下生产线时,当新中国第一袋硝铵打包出厂时,当第一炉电石生产成功时,有多少鲜花、彩旗、欢笑和泪水,在记忆中定格。

吉林化工区是我国"一五"期间建设起来的第一个化工生产基地,该工业区包含了"156项"中的4个化学工业项目。它包括肥料厂、染料厂、电石厂、热电厂,项目工程巨大。

吉林化工区的建设者用两年半的时间就建立起了吉林化工区，这在新中国建设历史，乃至世界建设史上都堪称奇迹。

吉林化工区的修建，自然离不开中央领导的支持和广大建设者的奋力拼搏。

新中国成立伊始，为了尽快建立新中国的国民经济体系，毛泽东、周恩来就开始同苏联谈判，后来确定了由苏联援助中国的156个大型建设项目。

当时，周恩来的指导思想非常明确，既要积极争取苏联援助，又要自力更生。凡是国内老企业经过改造能够解决的产品，就不要从苏联引进，发挥老企业的作用，支援和推动新中国的工业建设。

在周恩来对化学工业的一再关心下，原重工业部指导和组织化工企业，迅速恢复生产，加强管理，进行技术改造，经过三年恢复时期，取得了很大成绩。

1952年，全国化学工业总产值比1949年增加了3倍多。主要化工产品如纯碱、烧碱、硫酸、硝酸的产量，都已超过新中国成立前的最高水平，设计、研究、施工等化工技术队伍开始形成，为即将到来的化工大发展打下了基础。

从1953年开始，党中央和国务院确定我国实行有计划的经济建设。

在第一个五年计划中，化学工业的主要任务是：

> 积极地发展化学肥料，相应发展酸、碱、染料等工业，加强化学工业与炼焦、石油、有色金属工业的配合。

周恩来亲自赴苏联谈定了苏联援助的156项工程，其中化工行业11项。

此外，还有苏联援建的华北制药厂，还从苏联买来了保定电影胶片厂生产的关键设备。周恩来亲自批准了化工11个项目的相继开工，并亲手组织了化工11个项目的建设工作，其中就包括要在吉林建立化工区。

1953年3月22日，中央重工业部化学工业管理局下发文件，决定在吉林市的松花江畔、龙潭山下兴建全国第一个大型化学工业基地，从而拉开了"吉化"创业和发展的序幕。

此前，吉林市的化工生产还处于原始、落后的状态。1938年和1939年，日本为掠夺东北资源，先后成立了所谓的"满洲电气化学株式会社"和"吉林人造石油株式会社"。

到20世纪40年代，吉林市才刚刚出现了煤化工的雏形。就是在这么一个化工家底上，新中国第一个大型化学工业基地的建设开始了。

1955年4月，隆隆的推土机声打破了吉林市江北荒野的宁静，"吉化"正式破土动工。

"吉化"是国家"一五"时期的重点工业项目，由三大化工厂组成：一〇一厂，就是吉林染料厂；一〇二厂，就是吉林肥料厂；一〇三厂，就是吉林电石厂。因此，被人形象地称之为"三大化"。

在开工建设之初，松花江北岸地区几乎是一片荒芜的原野，没有道路，交通不便，每逢雨季，运输车辆经常抛锚。松花江像一道天然的"封锁线"，隔断南北两岸，许多工人上班只好乘摆渡小船。同时，又缺乏建设经验，缺少施工工具。

面对困难，中央采取集中力量打歼灭战的办法，从全国各地调集了3万名职工，顶着凛冽的寒风，夜以继日地战斗在松花江畔。

就这样，为了满足施工需要，一批又一批的技术人员从全国各地被抽调到这里。

就是在这种情况下，各路建设大军开进了施工现场，艰苦奋斗，排除困难，保证了建设的顺利进行。

很快，北至牤牛河，南至松花江边，东至太平村，西至九站，在这片66平方公里的建设工地上，在长达两年半的时间里，他们挥洒着青春与汗水，浇铸起一座总投资3.9亿元、包括36套主要生产装置的化工城，这是一座中国化学工业发展史上的重要里程碑！

到1957年10月，经过两年半时间包括肥料厂、染料厂、电石厂、热电厂的吉林化工区就建立起来了，这在世界建设史上堪称奇迹。

吉林化工区的建成，为其他行业的发展奠定了坚实的基础。

"吉化"在中国化工史上占有举足轻重的位置，如同上海之于中国经济；"一汽"之于中国汽车工业；"乐凯"之于中国感光工业，其代表性意义不言而喻。

"吉化"，是新中国化学工业的摇篮，"吉化"，是新中国化学工业的缩影。从这种意义上说，"吉化"的企业史，就是新中国化学工业的发展史。

正如有人曾经这样描述吉林化工区的作用：

缺少石油的国家是贫血的；
缺少化工的民族是乏力的。
"吉化"源源不断地为国家输送了数不胜数
的能源，使共和国的肌体一天天强健起来。

李富春说"一五"计划已超额完成

1957年,新中国发展国民经济的第一个五年计划旗开得胜,使我国国民经济和社会生活状况发生了巨大变化。

各项事业开始走向繁荣,国防力量得到加强,人民安居乐业,神州大地到处是一片兴旺发达、国泰民安的景象。

"一五"期间,我国农业及其他科教文卫事业都获得了很大发展。

在第一个五年计划时期,党和政府十分重视农业生产问题,在加速农业社会主义改造工作的同时,采取了一系列的措施来大力发展农业生产。

为了支援农民发展生产,国家在供应大量农业生产资料的同时,还发放农业贷款78亿元。

五年内,政府还进行了大量的农田水利基本建设。在过去经常泛滥成灾的主要河流上建起了一座座巨大的水库。

如安徽的梅山、佛子岭,河南的南湾、薄山、白沙、板桥,河北的陡河,北京的官厅等。

工程浩大的根治黄河的主要工程——黄河三门峡水利枢纽工程,也于1957年4月开始施工。

这些大型水利工程，在防洪蓄水、灌溉发电等方面发挥了巨大的作用，有力地促进了农业的发展。

在林业建设方面，广大群众积极响应党中央绿化祖国的号召。

东北的西部、内蒙古东部、河南东部、陕西北部、甘肃地区河西走廊等地的人民开始了营造防御风沙、保护农田防护林的工程。

第一个五年计划期间，随着工农业生产的发展，我国人民的物质和文化生活水平得到了很大的提高。

一大批旧中国没有的基础工业部门，开始一个个建立起来。

由于基本建设投资半数以上投放内地，一大批工矿企业在内地兴办，使旧中国工业过分偏于沿海的不合理布局初步得到改进。

再就是主要工业部门投资的地区分配，尽量和原料、燃料产区相适应。

在第一个五年计划期间，随着工农业生产的迅速发展，交通运输和邮电事业也相应地发展起来。

5年内，国家用于运输和邮电建设的投资为90.1亿元，占同一时期国家基本建设投资总额的16.4%。

大规模进行交通建设，使旧中国交通落后的面貌开始发生重大的变化。

到1957年，全国铁路通车里程已达3万公里。

5年内，新建铁路33条，修复铁路3条。工程巨大、穿过崇山峻岭的宝成铁路和鹰厦铁路，通往蒙古人民共和国和苏联的集二铁路都建成通车。

在公路建设方面，第一个五年计划期间，海拔高、工程艰巨的康藏、青藏、新藏公路，也都相继通车。

在广大农村和中小城市之间也修建了许多简单公路。

1957年12月7日下午，中国工会在北京隆重召开第八次全国代表大会。

在这次会议上，国务院副总理李富春做了题目为《关于我国第一个五年计划的成就和今后社会主义建设的任务、方针》的报告。

在这个报告中，李富春详细地说明了我国在执行第一个五年计划中整个国民经济的巨大发展和以后社会主义建设的任务和方针。

李富春说：

> 依靠全国工人阶级和全体人民的努力，我国发展国民经济的第一个五年计划已经完成和超额完成。
>
> 在第一个五年计划期间，我国不但已经确立了社会主义的政治制度和经济制度，同时建立了社会主义工业化的初步基础。

"一五"时期，社会主义建设事业巨大发展，人民的物质文化生活显著改善。

第一个五年计划从 1953 年开始，到 1956 年，各项指标大都超额完成，到 1957 年，"一五"计划顺利结束。

"一五"期间工业生产所取得的成就，远远超过了旧中国的 100 年。

同世界其他国家工业起飞时期的增长速度相比，也是名列前茅的。

本书主要参考资料

《周恩来传》 金冲及主编 中央文献出版社

《国史全鉴》 本书编委会编 团结出版社

《开国领袖毛泽东》 王朝柱著 中国戏剧出版社

《陈云传》 金冲及 陈群著 中央文献出版社

《华夏金秋》 柏福临主编 吉林大学出版社

《石油摇篮》 本书编委会编 甘肃人民出版社

《中国现代史资料选辑》 彭明主编 中国人民大学出版社

《共和国开国岁月》 张国星 何明著 中共党史出版社

《一汽创建发展历程》 全国政协文史和学习委员会编 中国文史出版社

《若干重大决策与事件的回顾》 薄一波著 中共中央党校出版社

《石油诗人——在玉门油矿纪实》 玉门油矿编写 石油工业出版社

《中南海三代领导集体与共和国经济实录》 王瑞璞主编 中国经济出版社